六字星
십자성
전왕의 검

십자성-전왕의 검 3

허담 新무협 판타지 소설

초판 1쇄 찍은 날 § 2015년 12월 9일
초판 1쇄 펴낸 날 § 2015년 12월 16일

지은이 § 허담
펴낸이 § 서경석

편집책임 § 박가연
디자인 § 신현아

펴낸곳 § 도서출판 청어람
등록번호 § 제387-1999-000006호
등록일자 § 1999. 5. 31
어람번호 § 제2-2618호

주소 § 경기도 부천시 원미구 부일로 483번길 40 서경B/D 3F (우) 14640
전화 § 032-656-4452 팩스 § 032-656-4453
http://www.chungeoram.com
E-mail § chungeorambook@daum.net

ISBN 979-11-04-90553-7 04810
ISBN 979-11-04-90503-2 (세트)

3

십자성

十字星 십자성

전왕의 검

FANTASTIC ORIENTAL HEROES

도서출판 청어람

十字星
십자성
전왕의 검

目次

제1장
변방의 풍운

외관으로 보면 허술하기 짝이 없는 십자성에 찬바람이 돌았다. 가뜩이나 삭막한 십자성이 오대세가 고수들의 출현 소식으로 더욱 차갑게 식었다.

흑사회 고수들의 의견은 분분했다.

맞서 싸워야 한다는 자들도 있고, 흔적을 지우고 도주해야 한다는 자들도 있었다.

굳이 편을 가르자면 도주하자는 쪽이 많았다. 아직은 오대세가와 겨룰 정도의 힘은 없다는 것이 그들의 판단이었다.

한 번 멸문에 가까운 패배를 당한 흑사회의 마인들에게 오대세가는 지금 천하를 장악해 가고 있는 북두회나 지왕종문보다도 무서운 이름인 듯 보였다.

적풍은 낡은 성만큼이나 낡은 대전의 한쪽에 서서 흑사회 마인들의 언쟁을 지켜보고 있었다.

생존이 걸린 문제이니만큼 각자의 의견이 곳곳에서 갈렸다. 이때만큼은 상하의 지위 또한 사라진 듯 보였다.

"난장판이군요."

십자성에 와서 다시 조우한 이산해가 적풍의 곁에서 혀를 차며 말했다.

요하 하구에서 적풍과 헤어진 무투와 이산해, 그리고 흑웅은 흑사회를 떠나지 않았다.

그들은 유령마군 사혼을 따라 십자성까지 와서 적풍을 기다리고 있었다.

그러나 그들은 온전히 흑사회의 일원이 된 것은 아니었다. 북방의 야인으로 살던 그들에게 흑사회는 너무도 이질적인 집단이었다.

적풍이 돌아올 거란 기대를 하지 않았다면, 혹은 유령마군 사혼이 그들에게 각별한 정성을 들여 무공을 가르치지 않았다면 그들은 아마도 벌써 십자성을 떠났을 것이다.

그러나 일단 적풍이 돌아온 이상 상황은 크게 달라졌다. 좋으나 싫으나 그들은 흑사회의 일원이 돼야 할 운명이 된 것이다.

다행인 것은 수년간 무공을 수련해 이젠 흑사회의 마인들과 겨루어도 뒤지지 않는 무공을 가지게 된 것이다.

길지 않은 시간에 비약적인 무공의 진보를 이룬 것은 온갖 영약과 정성을 다한 사혼의 가르침, 그리고 야인 출신답게 뼈를 깎는 고통을 덤덤히 이겨낸 그들의 인내심 덕분이었다.

"그게 저들의 강점이기도 하오."

율사가 대답했다.

이산해와 율사는 처음부터 죽이 잘 맞았다.

한쪽은 북방의 야인들과 살던 자이고 다른 한쪽은 마적질을 하던 사람이지만 둘 모두 글깨나 읽은 자여서 만난 직후부터 다른 사람들에 비해 금세 의기투합이 되었다.

"무슨 소리요? 영이 서지 않은 군대는 오합지졸이 아니오?"

"싸움이 시작되면 달라질 것이오."

"그렇겠소?"

"과거 우리 혈랑대도 비슷했소. 마적이 되려는 자들은 본래 난폭해서 통제가 쉽지 않았소. 그래서 평시에는 제멋대로 행동하는 것도 눈감아주었소. 덕분에 그들은 혈랑대를 떠나지 않았고, 시간이 지나면서 외려 혈랑대를 마치 자신의 집처럼 생각했던 것이오. 그런 후 싸움에 나서면 누구보다 용맹하게 싸웠소. 본래 자기 집을 지키려는 자들이 가장 용감하게 싸우는 법 아니겠소?"

"그렇기는 하지만… 그래도 기강이 서야 하지 않겠소?"

"흑사회나 혈랑대 같은 마도의 무리에게는 강한 자가 곧 법이오. 유령마군 사혼의 이름 하나가 흑사회를 지탱해 왔듯이 말이오. 유령마군 사혼이 앞에 서는 순간 그들은 잘 훈련된 병사처럼 움직일 거요. 그리고 무림의 싸움은 사실 군사를 쓰는 것과는 크게 다르기도 하고."

"하긴 그렇구려. 수만 명 대군을 움직이는 것도 아니니……."

이산해가 고개를 끄떡였다.

"그런데 주군께선 왜 의견을 내지 않으십니까?"

문득 낭왕 준갈이 적풍에게 물었다.

어쨌거나 적풍은 흑사회의 소회주였다. 아직은 그에 대해 의구심을 품은 자들이 있기는 해도 적풍의 존재를 부정하는 자는 없었다. 그러니 흑사회의 행보에 한마디 할 자격은 충분했다.

"귀찮아서."

"예?"

"나보고 저 난장판에 끼란 말인가?"

적풍이 되물었다.

"하지만 흑사회에 자연스레 섞여들 좋은 기회입니다."

"어차피 얼마 걸리지 않을 거야."

"……?"

"이번 싸움, 우리가 맡는다."

"예?"

낭왕 준갈이 화들짝 놀라며 되물었다. 곁에 있는 다른 사람들도 마찬가지였다.

"주군, 설마 제가 잘못 들은 건 아니지요?"

흑웅이 눈을 껌뻑이며 물었다.

"좋은 기회 아닌가?"

적풍이 주위를 돌아보며 말했다.

"하지만 상대는 오대세가의 고수들입니다."

율사가 단호하게 말했다.

"그쯤 돼야 싸울 맛이 나지."

적풍은 전혀 긴장한 빛이 없었다.

"오대세가의 고수들은 지금까지 상대한 자들과는 다릅니다. 강호 명문의 무공이란 것은……."

"됐어. 초원에서 북산맹의 고수들과 싸운 것을 잊었나?"

"그야 그렇지만……."

"결국은 말이야, 오대세가는 꺾어야 해. 그런데 그들 중 몇 명 상대하는 일에 겁을 먹어서야 되나."

"그들이 두려운 것이 아니라 그 이후의 일이 버겁기 때문이지요. 흑사회는 아직 오대세가 전체를 상대로 싸울 준비가 되어 있지 않습니다. 솔직히 말하자면… 그런 날이 올 수 있을지도 모르겠습니다."

율사는 여전히 오대세가 고수들을 상대하는 것을 반대했다.

"그렇다고 숨어 다닐 수만은 없잖아? 그건 이미 질리도록 한 일이야. 흑사회에서조차 그렇게 살 수는 없어. 그건 이제 내 방식이 아니야."

적풍은 단호했다. 그는 이미 싸울 결심을 굳혔고, 누구도 그 의지를 꺾을 수 없어 보였다.

그때 흑사회 고수들 사이에서 사혼의 목소리가 들렸다.

"유괴!"

사혼은 여전히 적풍을 유괴란 이름으로 알고 있었다.

"때가 됐군."

적풍이 기다렸다는 듯이 사혼이 있는 곳으로 걸음을 옮겼다.

"제길, 주군이 정말 싸울 생각인 모양인데?"

흑웅이 걱정스런 표정을 중얼거렸다.

그러자 준갈이 나직하게 말했다.

"어쩌면 주군 말이 맞을지도 모르오. 흑사회에 우리의 존재를 확실히 각인시킬 좋은 기회가 될 수 있소."

"그러나 너무 위험한 일입니다. 오대세가라니요."

율사가 중얼거렸다.

그러자 침묵을 지키고 있던 이산해가 입을 열었다.

"오대세가의 반응은 생각처럼 위험하지 않을 수도 있소."

"그게 무슨 말이오? 그들의 식솔이 죽었는데 가만있을 거란 말이오?"

"무림의 상황이 그들의 발목을 잡을 거요. 듣자 하니 지왕종문과 북두회의 대치가 일촉즉발이라 하더이다. 그 와중에 오대세가가 주력을 뽑아 이 십자성으로 보낼 수 있겠소?"

이산해의 말에 율사가 잠시 생각에 잠겼다가 고개를 끄떡였다.

"확실히 이 형의 말에 일리가 있소. 그러나 그런 시간이 얼마나 가겠소?"

"그 안에 대책을 마련하면 되지 않겠소? 세력을 키우든 아니면 강호에서 우군을 얻든."

"설마 지왕종문을 생각하고 있는 거요?"

"일 순위는 그들이 되겠지만 그들은 정체가 모호한 자들이니 이 순위도 좋을 거요."

"그들과 비견될 세력이 있다는 거요?"

율사가 고개를 갸웃하며 물었다. 그의 생각에 현 강호에서 북두회와 지왕종문에 대적할 세력은 없었다.

"싸움이 일어나면 두 세력 어디에도 속하지 않은 자들은 자신의 안위를 지켜줄 사람이나 세력을 찾게 될 거요. 그때 흑사회가 그 대안이 되면 되지 않겠소?"

이산해의 말에 율사가 고개를 저었다.

"쉽지 않은 일이오. 흑사회의 평판을 생각하면… 강호에서 흑사회는 좌도방문으로 취급당하고 있소."

"그래서… 이번 싸움이 필요한 거요. 오대세가에 대적해 승리한 흑사회, 그리고 그 싸움을 승리로 이끈 흑사회의 잠룡. 좋은 그림이지 않소?"

"음, 그렇기는 하지만……."

"신중한 것도 좋지만 지금은 패를 던져야 할 때인 것 같소. 사실 그저 목숨이나 연명하며 숨어 살자면 위험을 감수할 필요가 없는데 주군께선 겨우 목숨이나 연명하자고 이곳에 온 것이 아니니 말이오."

이산해의 말에 율사가 고개를 끄덕였다.

"하긴 그렇구려. 주군의 눈이 어디에 머무는지 잠시 잊었소.

주군께선 천하를 보신다 했으니……."
율사가 시선을 돌려 사혼과 마주 선 적풍을 바라봤다.

"네 생각은 어떠냐?"
사혼이 물었다.
"제가 하죠."
"싸우자는 말이냐?"
"다시 변방으로 도망가지 않을 바에야 싸워야지요."
그러자 마도충이 말했다.
"잠시 몸을 숨기는 것도 한 방법이네, 소회주."
마도충은 좋게 말해서 신중한 사람이고 나쁘게 말하면 음흉한 사람이다. 뒤에서 일을 꾸미는 것은 좋아해도 도검이 난무하는 싸움은 꺼리는 편이다.
"살자면 그도 한 방법이지요."
적풍이 고개를 끄떡였다. 그런데 그 대답이 묘하게 마도충의 심기를 건드렸다. 마치 자신을 겁쟁이로 몰아가는 듯한 말투였기 때문이다.
"지금 날 겁쟁이로 생각하는 건가?"
"그럴 리가 있습니까? 부회주께서 신중한 분이시란 건 모두가 아는 사실입니다. 그 신중함이 오늘 날 흑사회를 다시 부활시키지 않았습니까? 단지 제 말은 우리 흑사회가 생존 이상의 것에 관심이 있는지 없는지를 결정해야 할 시간이란 뜻입니다."
"음, 오대세가는 버거운 상대야."

마도충이 금세 적풍의 말을 알아듣고 대답했다.

그러자 유령마군 사혼이 나섰다.

"그렇긴 하지만… 기회가 좋긴 해."

"어째서 그렇게 생각하십니까?"

마도충이 물었다.

"지왕종문과의 싸움을 앞둔 그들이 과연 이곳에 전력을 기울일 수 있을까?"

"하지만 그건 잠시 시간을 버는 것에 지나지 않을 겁니다. 결국 그들이 올 겁니다."

"지왕종문이 그렇게 간단해 보이지는 않네. 물론 북두회를 이길 수야 없겠지만 쉽게 지지도 않을 거야. 우린 제법 많은 시간을 벌 수 있어. 그 안에 큰 세력을 만들 수만 있다면, 그리고 혹시라도 지왕종문과 연대를 할 수 있다면 더더욱 좋겠지. 그러자면 이 싸움이 필요하네. 물론 우리가 강호에 나설 결심이 서야겠지만 말이야."

사혼의 말에 장내가 갑자기 침묵에 빠졌다. 누구에게나 욕심은 있다. 흑사회의 마인들에게는 더더욱 세상에 대한 욕망이 충만했다. 그러나 그런 그들에게조차도 오대세가의 고수들을 베는 것은 망설여지는 일이다.

한때 그들을 멸망의 길로 이끈 자들이 아닌가.

"한번 해보지요."

지금껏 침묵하던 우마가 입을 열었다.

"정녕 해보고 싶은 것이냐?"

마도충이 걱정스런 표정으로 물었다.

"저는 평생 오대세가를 피해 숨어 살 생각은 없습니다. 그랬다면 흑사회에 몸을 의탁하지도 않았겠지요. 그건 아마 형님도 마찬가지 생각이실 겁니다."

우마가 적풍을 바라봤다.

"아우의 생각이 바로 내 생각이다."

적풍이 대답했다.

"평생 숨어 살 생각이 아니라면 결국 싸워야지요. 대신 이번에 온 자들은 한 명도 살려 보내지 말아야 합니다."

"그야 당연한 일이지."

적풍이 대답했다.

"낄낄낄! 이보게, 부회주!"

사혼이 갑자기 실소를 흘리며 마도충을 불렀다.

"말씀하시지요."

마도충이 상기된 얼굴로 대답했다. 적풍뿐 아니라 자신의 제자인 우마까지 싸우자고 나설 줄은 몰랐던 모양이다.

"아무래도 우리가 아주 맹랑한 놈들을 제자로 들인 모양이야."

"그, 그런 듯합니다."

"어쩌겠나. 제자들 꿈을 막을 수는 없지. 그리고 사실 지금 말고는 기회가 없어. 지왕종문과 북두회의 대립은 하늘이 내린 기회네."

"알겠습니다. 모두 그렇게 생각한다면 저도 반대만 하지는 않겠습니다."

마도충이 동의하자 일은 일사천리로 진행됐다.

이미 십자성 주변의 지리는 눈을 감고도 그려낼 수 있는 흑사회다. 그래서 싸워야 할 곳을 정하는 것도 그리 어렵지 않았다.

"그럼 단절곡에서 승부를 보기로 하지."

사혼이 사람들을 돌아보며 말했다.

"좋은 선택입니다."

마도충도 사혼의 말에 동의했다.

"싸움은 네가 맡겠다고?"

사혼이 적풍을 보며 물었다. 그러자 적풍이 고개를 끄떡였다.

"사부의 제자란 것 말고 흑사회를 위해 한 일이 없으니 이번 일은 제게 맡겨주시지요."

"좋아, 놈들과 싸우는 일은 네가 알아서 해라."

사혼이 순순히 적풍의 말을 받아들였다. 사혼도 비록 우마와의 비무를 보긴 했으나 그동안 적풍의 무공이 얼마나 진보했는지 실전에서 확인하고 싶은 마음이 있는 듯 보였다.

"저도 돕겠습니다."

우마가 나섰다. 그러자 적풍이 고개를 저으며 말했다.

"미안하지만 이번 일은 나와 함께 온 사람들에게 맡겨주게."

"형님, 그들의 숫자가 열 명이 넘는다고 합니다. 더군다나 모두 중년 이상의 고수라던데……."

"그 정도는 상대할 수 있어야 흑사회의 후계자 자격이 있는 것 아닌가? 대신 아우가 해줄 일이 있어."

"무엇입니까?"

"퇴로를 막아주게. 단 한 명도 살려 보내면 안 되니까. 퇴로를 막는 것도 저들을 상대하는 것만큼 중요하네."

"알겠습니다. 그 일이라면 걱정 마십시오."

우마가 고개를 끄떡였다. 그러자 적풍이 장내의 흑사회 수뇌들을 보며 말했다.

"싸움은 이틀 뒤 밤에 하겠습니다. 사부님과 형제들은 단절곡 위에서 구경이나 하시지요."

"방심은 금물이다."

사혼이 경고했다.

"좋은 구경이 되실 겁니다."

적풍이 희미하게 미소를 지어 보였다.

율사가 방 안을 서성이며 손바닥을 비벼댔다.

"아, 율 형, 정신 사납게 왜 그래? 좀 앉아 있어!"

대발이 소리쳤다.

"좀 더 완벽한 정보가 필요해. 적의 숫자와 무공 수위, 그리고 단절곡의 지도도 필요하고."

율사는 오대세가의 고수들을 상대할 생각으로 머릿속이 복잡한 모양이었다. 그런데 그런 율사에게 적풍이 맥 빠지는 소리를 했다.

"그런 건 필요 없어."

"준비를 해야 하지 않겠습니까?"

율사가 되물었다.

"병기나 잘 챙겨. 그거면 충분해."

"주군, 적은 오대세가의 고수들입니다. 우리 넷이서 상대하는 것은 계획을 잘 세워도 쉽지 않은 일이지요!"

"됐어. 그들은 나 혼자 상대한다."

"주군!"

갑작스런 적풍의 말에 준갈과 율사, 그리고 대발은 물론 이산해 등도 놀라서 적풍을 쳐다봤다.

"모두 열다섯이라고 했지?"

"그렇습니다."

이산해가 대답했다.

"그중 우두머리들을 내가 먼저 모두 베겠다. 자네들은 나머지를 처리해."

적풍의 말에 준갈이 조심스레 말했다.

"주군, 굳이 홀로 위험을 감수하실 필요가 있겠습니까?"

"필요해. 이번에야말로 제대로 보여줄 필요가 있어. 난 이번 기회에 흑사회를 완전히 장악할 생각이야. 사부든 부회주든 모두 내게 복종하게 될 거다."

"하지만 그러려면 결국 신력을 드러내야 하는데……."

"사부는 알고 있는 일이니 걱정할 필요 없고, 다른 사람들의 눈만 피하면 된다. 내가 싸울 장소를 단절곡으로 선택한 이유가 그거야. 싸움을 보려는 자는 계곡 위쪽으로 올라가 멀리 떨어져서 봐야 하니까. 더군다나 밤이라면 더더욱 저들의 눈을 피하기 쉽지."

"모든 걸 계산하셨군요."

준갈이 고개를 끄떡이며 말했다.

"모두 잘 들어. 이 일에 우리 운명이 걸려 있다. 흑사회는 마도의 무리야. 힘 있는 자에게 복종하고 힘없는 자를 지배한다. 이런 세력을 지배하려면 그들에게 힘을 보여줘야 한다. 그러니 젖 먹던 힘까지 쏟아내."

"알겠습니다, 주군!"

준갈과 율사, 그리고 대발이 동시에 고개를 숙였다. 그들의 눈에 대막을 주름잡던 늑대의 기운이 엿보였다.

*　　　　*　　　　*

"놈들이 우리 말을 듣겠소?"

철장을 든 자가 말 위에서 입을 열었다. 태산 같은 체구를 자랑하는 덩치 때문에 손에 든 창이 왜소해 보일 정도이다.

"제 놈들이 별수 있겠소? 살려면 굴복해야지."

대답을 한 자는 백의를 입은 청수한 노검사(老劍士)다. 바람에 흩날리는 백발이 신선의 그것처럼 보였다.

"그러나 놈들의 사악함을 아시지 않소이까?"

이번에는 검은색 무복을 입은 자가 입을 열었다. 말랐지만 쇠처럼 단단해 보이는 몸을 지니고 있고, 역시 얼굴에서는 강호의 연륜이 느껴졌다.

"그렇기에 더더욱 우리의 제안을 받아들일 것이오. 과거를 용서하고 목숨을 살려주겠다면 어찌 오대세가의 그늘로 들어오는 것을 거부하겠소."

청수한 노검사가 말했다.

"하지만 과거 그들은 전멸을 당하면서도 결코 항복하지 않았소."

철창을 든 자가 말했다.

"그땐 우리가 그럴 기회조차 주지 않았기 때문 아니겠소? 더군다나 당시엔 유령마군 사혼이 있었고 말이오."

"그가 십자성에 없는 것은 확실한 거요?"

다시 철창을 든 자가 물었다.

"그간 놈들의 행적을 조사한 결과 유령마군 사혼의 흔적은 보이지 않았소. 흑사회를 재건한 자는 마도충이라고 과거 사혼의 오른팔이던 자고, 실질적으로 회의 일을 주도하는 것은 삼십이 채 되지 않는 어린놈이라고 하더이다. 마도충의 제자라던가?"

"사혼이 없다면야……."

철창을 든 자가 중얼거렸다.

"사혼이 있다 한들 두려워할 게 뭐요? 우리 세 사람이면 지왕종문의 염화마군이란 자도 상대할 수 있을 거요."

청수한 노검사가 도도한 표정으로 말했다.

"하하하! 남궁 노사의 말씀이 맞소이다. 노사께서 지난번 세가에서 검왕십팔식을 완전한 모습으로 재현해 보이셨다는 소문을 들었소이다."

"그 소문은 나도 들었소이다. 모두들 남궁세가에 새로운 검왕이 탄생했다고 칭송이 자자하오."

검은 무복을 입은 자도 창을 든 자의 말을 거들었다.

"그리 대단한 것이 아니오. 사실 검왕십팔식은 본가에선 소외된 검법이지요. 제왕검법이 워낙 출중하니……."

"그렇기는 하지만 검왕십팔식은 수련하기가 난해한 대신 검의 정수를 얻은 사람만이 완성할 수 있는 검법 아니겠소?"

검은 무복의 사내가 물었다.

"좀 특이하기는 하오. 나로서는 제왕검법으로는 가주님이나 다른 세가의 노고수분들을 따라잡지 못하겠다는 초조함에서 수련하기 시작한 것이라오."

"그럼 전화위복이라 할 수 있겠소이다."

"그렇다고 할 수 있소이다. 검왕십팔식을 완성한 이후에는 새로운 눈을 얻게 된 것 같더이다."

"새로운 눈이라… 부럽소이다. 그야말로 절대지경의 고수가 되셨다는 의미 아니겠소이까?"

"절대지경까지야……. 하지만 적어도 유령마군 사혼이 두렵지는 않소이다."

"하하하! 그러고 보니 외려 아쉽소이다. 유령마군 사혼이 있다면 그를 한번 잡아볼 수 있을 것인데……."

창을 든 자가 호탕하게 웃음을 터뜨렸다.

"듣고 보니 그도 그렇구려. 그자의 유령마검을 한번 보고 싶은데……."

청수한 노검사가 희미한 미소를 지으며 말했다.

그때 앞쪽에서 두 명의 날랜 중년 무사가 달려와 세 사람 앞에서 멈춰 섰다.

"앞에 긴 계곡이 있습니다. 계곡의 이름은 단절곡이라고 하는데 십자성에 이르는 주로(主路)이기는 하나 매복이 있을 수도 있습니다. 절곡 위쪽으로 올라 우회하면 안전합니다."

"얼마나 걸리겠느냐?"

흑색 무복의 초로인이 물었다.

"우회한다면 하룻길은 더 잡아야 할 것입니다."

"하루라……. 길이 길어지면 놈들이 대비하거나 혹은 도주를 할 것인데……."

"계곡을 관통합시다."

철창을 든 자가 말했다.

"기습의 위협이 있다지 않소?"

흑색 무복의 사내가 되물었다.

"방비를 단단히 한다면 외려 매복이 있는 것도 나쁘지 않을 것이오. 놈들이 숨는 것보다야 기습이라도 맞서는 것이 좋지 않겠소?"

"그렇기는 하오만……."

흑색 무복의 사내는 여전히 신중한 모습이다. 그가 답을 구하듯 청수한 노검사를 바라봤다.

"길을 서둡시다."

청수한 노검사가 답했다. 그 대답으로 행로는 결정된 것이나 마찬가지였다.

"좋소이다. 하긴 놈들이 매복해 봤자 할 수 있는 일이 무엇이겠소? 우리 세 가문의 정예가 열다섯인데."

흑의 무복의 사내가 고개를 끄떡이고는 길을 살피고 돌아온 수하에게 다시 명을 내렸다.

"다섯을 데려가라. 이십 장 안쪽에서 길을 세세히 살피고 놈들을 발견하면 싸우지 말고 우리를 기다려라."

"알겠습니다, 어르신!"

사내가 대답하고는 몇몇 사람을 추려 다시 앞으로 달려 나갔다.

"우리도 서둡시다. 오늘 밤은 십자성에서 자도록 합시다."

흑의 사내가 노검사와 창을 든 자를 보며 말했다.

"하하, 오래 살고 볼 일이외다. 어쩌다 보니 흑사회 놈들이 해주는 밥을 먹고 놈들의 집에서 잠을 자게 되었소이다그려."

창을 든 자가 머쓱한 웃음을 흘리며 천신이 휘두른 검에 깊게 파인 것 같은 절곡을 향해 걸음을 옮기기 시작했다.

길을 살피러 나간 자들이 돌아온 것은 절곡이 거의 끝나갈 무렵이었다.

어느덧 해가 지고 있어 계곡을 벗어나는 것이 늦어지면 십자성에 드는 대신 야숙할 걱정을 해야 할 시간이기도 했다.

"앞에 사람이 있습니다."

사내의 말에 세 고수의 얼굴색이 변했다. 짐작하고 있는 일이기는 해도 막상 적이 나타났다니 노련한 그들이라도 본능적으로 긴장이 되는 모양이다.

"매복이냐?"

창을 든 자가 물었다.

"그것이……."

길을 살피러 나갔던 사내가 말꼬리를 흐렸다.

"얼른 고하라!"

창을 든 자가 재촉했다.

"일단 매복을 한 것은 아닌 것 같습니다. 물론 그 뒤쪽으로 매복이 있을 수는 있으나……."

"무슨 말을 하는 것이냐? 정신 차리지 못할까!"

횡설수설하는 사내에게 호통이 떨어졌다.

"그러니까… 네 명이 길을 막고 있습니다. 숨어 있는 것은 아니고 길 중간에 서 있습니다. 그자들 때문에 그들 뒤쪽의 사정은 살피지 못했습니다."

사내가 정신을 차리고 자신이 보고 온 것을 조리 있게 설명했다.

"네 명이라 했느냐?"

"그렇습니다."

사내가 대답했다.

"음, 어떻게 생각하시오? 유인책이라고 보시오?"

창을 든 자가 다른 두 고수를 보며 물었다.

"글쎄올시다. 기습을 하려면 외려 조용히 매복하는 쪽이 나을 텐데……."

검은 무복을 입은 자가 말했다. 그러자 청수한 노검사가 침착한 목소리로 말했다.

"아마도 우리와 거래를 하고픈 모양이오."

"거래요?"

"그자들이 이 일을 대화로 풀고 싶어서 우릴 마중할 사람을 보낸 것이 아니겠소?"

"음, 생각해 보니 그렇기도 하구려. 하면 외려 잘된 일이구려. 애초에 그들을 말로써 복속시킬 생각이었으니 말이오."

검은 무복의 사내가 말했다.

"그렇긴 하지만… 두려움을 갖게 만들어야 앞으로의 일이 수월할 텐데……."

창을 든 사내가 아쉽다는 듯 중얼거렸다.

"두려움은 충분할 거요. 오대세가라는 이름만으로도 흑사회의 마도들은 오금이 저릴 테니 말이오."

청수한 노검사가 말했다.

"하긴 오 년 전에 독하게 당했으니 그렇겠구려. 그럼 그자들을 만나봅시다. 무슨 말을 하는지."

창을 든 자가 서둘러 앞으로 말을 몰아 나갔다.

두두두!

말 탄 자 셋이 먼지를 일으키며 달려오는 것을 적풍은 무심한 눈으로 바라보고 있었다.

해가 지고 있어 세 사람이 달려오는 절곡 안쪽은 이미 초저녁처럼 어두웠다.

낭왕 준갈은 적풍 옆에서 살기를 드러내고 있고, 그들의 뒤쪽에서 율사와 대발이 초조한 기색으로 도검을 빼 들었다.

"겁들 먹지 마!"

낭왕 준갈이 율사와 대발을 돌아보며 말했다.

"아니, 정말 우리끼리 저자들을 상대해야 하는 겁니까?"

대발이 애원하듯 물었다.

"주군의 결정에 두 번 말하지 마라!"

낭왕 준갈이 서늘한 표정으로 말했다.

"아, 알았습니다. 알았다고요!"

대발이 준갈의 노성에 얼른 고개를 끄덕였다.

그사이 오대세가의 고수들을 이끄는 세 명의 고수가 적풍의 십여 장 앞으로 다가왔다.

스릉!

적풍이 검을 빼 들었다.

사자검이다. 투박한 검신에 아직 진기를 주입하지 않아 신령스런 모습을 드러내지는 않았다. 그러나 단지 검을 빼 든 것만으로도 적풍은 전혀 다른 사람으로 변한 듯 보였다.

검은 든 채 말 위에 앉아 오대세가의 고수들을 바라보는 적풍의 모습이 신장처럼 느껴졌다. 절곡을 채우는 어둠이 그의 본래 모습을 감춰 더욱더 그 무게감을 더해줬다.

그 모습에 오대세가의 고수들조차 긴장한 듯 보였다.

"그대가 마도충인가?"

자신들이라면 반드시 마도충이 마중을 나왔을 거라 생각했는지 창을 든 자가 물었다.

"부회주께선 성에 계시다. 그대들은 누군가?"

적풍의 옆에서 준갈이 물었다.

"우리가 누군지 알고 있을 텐데?"

창을 든 자가 되물었다.

"물론 오대세가에서 왔다는 것은 알고 있다. 하지만 우리가 알고 싶은 것은 그대들의 이름이다."

"난 산동악가의 악무관이라 한다. 들어봤느냐?"

"섬창!"

준갈이 나직하게 말했다.

"알고 있군."

"대단한 양반이 왔군."

준갈이 중얼거렸다.

"같이 오신 분들에 비하면 난 그리 대단한 사람이 아니다. 여기 계신 분은 바로 남궁세가의 검왕이시다!"

"검왕이라고?"

준갈이 조금 질린 표정으로 되물었다.

"그렇다. 그뿐이 아니다. 요동검가의 단혼검께서도 오셨으니

가서 마도충에게 전하라. 직접 마중을 나오라고."

창을 든 자, 스스로 산동악가의 악무관이라 말한 자가 위압적인 목소리로 말했다.

그러자 준갈이 조금은 걱정스런 표정으로 적풍에게 나직하게 말했다.

"좋지 않습니다."

"대단한 자들인가?"

적풍이 물었다.

"섬창 악무관은 산동악가에서 서열 십 위 안에 드는 자입니다. 단혼검 이여림은 요동과 대막 일대에선 적수가 없다는 고수고요. 그러나 문제는 검왕 남궁철입니다. 저자는 남궁세가에서도 다섯 손가락 안에 드는 고수입니다."

"좋군."

"예?"

"우리 힘을 보여주기에 좋은 상대들이야."

"하지만 저들은 가히 당금 무림을 대표하는 고수입니다. 아무래도 회주께 도움을 청하는 것이……."

"됐어. 이제 내가 맡지. 뒤나 잘 지켜. 도망가는 자들 없게."

적풍이 준갈에게 말하고는 칼을 든 채 서너 걸음 앞으로 걸어 나갔다. 그러고는 오대세가의 세 고수에게 물었다.

"귀한 자들이 이곳엔 무슨 일인가?"

"네가 마도충의 제자냐?"

오대세가의 고수들이 보기에 적풍이야말로 그들이 들어온

마도충의 젊은 제자로 적당한 인물이었다.

목소리에서 느껴지는 나이도 얼추 비슷해 보이고, 나이에 비해 강력하게 느껴지는 기도 역시 마도충과 함께 흑사회를 재건한 자에게 어울리는 것이었다.

"온 이유를 말하라!"

적풍이 산동악가의 고수 섬창 악무관의 질문에 대답하는 대신 다시 말했다.

"건방진 놈! 어린놈이 약간의 성취로 하늘 높은 줄 모르는구나! 네 사부를 나오라고 해라! 너 따위 애송이와 대거리할 시간이 없다!"

악무관이 호통쳤다.

"사부께서 어찌 너희와 같은 자들을 상대하겠는가? 오대세가의 주인들이 온다면 모를까."

적풍이 냉소를 흘렸다. 그러자 오대세가 세 고수의 얼굴에 살기가 떠올랐다.

"아무래도 매를 쳐야겠소. 그래야 마도충이 얼굴을 보일 것 같소."

악무관이 남궁철과 이여림을 보며 말했다. 그는 여전히 적풍을 마도충의 제자 우마로 생각하고 있었다.

"그럽시다. 순순히 말을 들을 자들은 애초에 아니었소. 매운 맛을 보여줘야 이야기가 수월할 것 같소."

이여림이 동조했다. 그러자 악무관이 창을 들어 올리며 말했다.

"이 일은 내가 맡겠소."

"조심하시구려."

문득 남궁철이 말했다.

"설마 내가 저 애송이를 상대하는 일을 걱정하시는 거요?"

악무관의 얼굴에 불쾌한 기색이 떠올랐다.

"그의 기도가 심상치 않소."

"그래 봐야 흑도의 애송이일 뿐이오. 잠깐이면 끝날 것이오."

"죽이지는 마시오. 피를 보면 일이 틀어질 수 있소."

이여림이 경고했다.

"후후, 걱정 마시오! 볼기나 몇 대 후려쳐 주겠소!"

악무관이 웃음을 흘리고는 말에서 내려 적풍을 향해 걸어갔다.

쿵!

악무관이 적풍과 오 장여 거리까지 다가선 후 창을 들어 땅을 찍었다. 그 울림이 적풍의 발을 통해 느껴졌다.

과연 오대세가의 고수다운 내공이다.

"좋은 말로 달래려 했더니 결국 스스로 매를 버는구나. 역시 사도의 종자들이란……."

악무관이 적풍을 보며 말했다. 그러자 적풍이 사자검을 들어 검신을 한번 쓸며 중얼거렸다.

"맞는 말이야. 애초에 안 될 일이지. 난 너희와 대거리나 하려고 이곳에 온 것이 아니거든."

"이놈! 정말 하늘 높은 줄 모르는구나! 내 오늘 단단히 버릇을 고쳐 주마!"

탁!

악무관이 땅에 박힌 창끝을 발로 찼다. 그러자 그의 창이 흙먼지를 일으키며 그의 허리 위로 떠올랐다.

악무관이 떠오른 창허리를 잡더니 그대로 적풍에게 달려들며 회초리처럼 후려쳤다.

우웅!

창대가 차가운 밤공기를 갈랐다. 창대가 일으키는 소리가 단절곡의 음습한 공기를 타고 퍼져 갔다.

적풍은 검을 든 채 자신을 향해 떨어져 내리는 악무관을 철장을 가만히 노려보고 있다.

그런 그의 손에서 사자검이 사람들의 눈을 피해 변하고 있었다. 투박하던 색은 투명한 검은빛으로 바뀌고 검신은 기름을 발라놓은 것처럼 번쩍였다.

쇄액!

악무관의 창이 그대로 적풍의 머리를 박살 낼 것처럼 떨어져 내렸다. 순간 사자검이 움직였다.

쾅!

찰나의 순간 적풍과 악무관 사이에서 벼락 치는 소리가 터져 나왔다.

그 순간 누구도 예상치 못한 일이 벌어졌다.

"악!"

날카로운 비명이 절곡의 어둠을 뒤흔들었다. 그리고 그 비명이 채 사라지기도 전에 적풍이 악무관을 한 손으로 들어 멀리 던지며 소리쳤다.

"흑사회를 범하는 자! 목숨을 내놓아야 한다!"

그의 쩌렁한 외침이 단절곡을 뒤흔들었다.

뒤이어 적풍이 오대세가의 다른 두 고수 남궁철과 이여림을 향해 성난 사자처럼 달려들었다.

제2장
그 밤의 붉은 계곡

적풍이 사냥감을 노리고 달려드는 사자처럼 질주했다. 잔뜩 구부린 허리 뒤쪽으로 진기를 머금은 사자검이 번뜩이고 있다.

영롱하고 깊은 어둠을 머금은 사자검은 검이 아니라 신령스런 용혼 같았다.

어둠보다 더 검고 그 어둠 속에서 빛나는 전왕의 검. 훗날 십자성의 고수들이 전왕의 첫걸음이라고 부르던 싸움을 사자검과 적풍은 그렇게 시작했다.

"간악한 마두(魔頭)로다!"

단 일검에 섬창 악무관을 베어 넘긴 적풍은 이미 오대세가의 두 고수에겐 세상에 존재해선 안 될 마두가 되어 있었다.

남궁철의 검이 움직였다.

유연하면서도 서릿발 같은 기운을 지닌 그의 검이 적풍의 심장을 찔렀다. 순간 적풍이 사자검을 번개처럼 휘둘러 남궁철의 검을 가격했다.

카릉!

다시 한 번 단절곡이 굉음으로 뒤흔들렸다. 멀리서 싸움을 지켜보고 있는 자들의 혼까지 놀라게 하는 굉음이다.

"흡!"

남궁철이 자신도 모르게 숨을 들이쉬었다. 그의 신형이 빠르게 뒤로 물러났다.

남궁철은 한 번의 격돌에서 이 젊은 흑사회 애송이의 무공이 자신의 아래가 아니라는 것을 깨달았다.

아니, 오히려 그의 옆에서 단혼검 이여림이 가세하지 않았다면 젊은 마두의 검에 목숨을 잃었을 수도 있었다.

차앙!

사람을 혼을 벤다는 이여림의 검이 적풍의 검에 막히며 다시금 장내에 날카로운 소성이 터져 나왔다.

그 순간 적풍의 몸이 맹렬하게 회전하며 눈 깜짝할 사이에 단혼검 이여림의 등 뒤로 돌아 나갔다. 그러고는 사자검을 맹렬히 휘둘러 이여림의 등을 내려쳤다.

그러자 이여림이 절정고수에 어울리는 속도로 자세를 낮추고 몸을 틀면서 검을 들어 올렸다.

쾅!

"욱!"

이여림의 입에서 당혹스런 음성이 흘러나왔다.

태산이 내리누르는 것 같은 무게에 이여림이 한쪽 무릎을 꿇었다. 순간 적풍의 눈에서 한 줄기 검은빛이 일렁였다.

그러자 사자검이 더욱 영롱한 빛을 흘려냈다.

쩡!

한순간에 이여림의 검이 부러졌다. 동시에 적풍의 검이 이여림의 몸을 갈랐다.

"컥!"

아주 짧은 순간 일어난 일치고는 너무나 강렬해서 남궁세가의 노고수 남궁철은 단혼검 이여림이 땅에 쓰러지고 나서야 사태를 파악했다.

"이… 악독한 놈!"

남궁철의 입에서 당혹과 분노가 섞인 목소리가 흘러나왔다. 그러자 적풍이 그 자리에서 허공으로 떠오르더니 그대로 남궁철을 덮쳐 갔다.

"먼저 본 회를 침범한 것은 너희들이다!"

적풍이 강렬한 목소리로 소리치며 남궁철을 향해 사자검을 휘둘렀다.

그의 목소리가 사방에 흩어져 있는 흑사회 마인들과 남궁철 등을 따라온 오대세가 고수들의 귀를 파고들었다.

남궁철이 다급하게 몸을 뒤로 뺐다.

콰앙!

적풍의 검이 땅을 후려쳤다. 흙과 돌무더기가 날아올라 사방으로 튕겨 나갔다.

그러자 남궁철이 지체하지 않고 적풍을 향해 검을 뿌렸다.

남궁철의 검에서 찌릿 하는 소리가 흘러나왔다. 진기가 갈무리된 검만이 낼 수 있는 소리다.

적풍을 향해 날아들던 남궁철의 검이 갑자기 여덟 갈래로 갈라졌다. 이것이야말로 그가 최근에 완성했다는 검왕십팔식 중에서 가장 자신하는 열다섯 번째 초식이다.

적풍은 검기의 그물이 자신을 덮치는 것 같은 느낌이 들었다. 거미줄처럼 엉켜진 남궁철의 검초는 빠져나갈 곳이 없어 보였다.

그러나 위기에 빠진 듯 보이는 적풍의 입가에는 오히려 미소가 드리워졌다. 적풍은 애초에 이 검의 그물을 빠져나갈 생각조차 하지 않았다.

"찢어버리면 그만이지."

적풍이 나직하게 중얼거리며 사자검을 머리 위로 치켜들었다. 순간 그의 어깨의 옷자락이 부풀어 올랐다.

모르는 사람이 보면 진기를 끌어 올려 생긴 일인 것처럼 보이고, 아는 사람이 보면 신혈족의 힘이 발휘되는 모습이다.

쩌저적!

허공에 작은 번개가 이어지는 듯한 착시가 일어났다. 적풍의 검기와 남궁철이 만들어내는 촘촘한 검망이 부딪치며 만들어낸 현상이다.

"너, 너 이놈?"

모든 힘을 쏟아붓고 있는 남궁철의 얼굴에 의혹이 떠올랐다.

신혈의 힘을 끌어낸 적풍의 모습이 처음과는 너무도 다르게 변했기 때문이다. 더군다나 적풍의 눈에서 흘러나오는 검은 기운은 항거하기 힘든 패도의 기운을 지니고 있었다.

"죽어줘야겠어."

적풍이 나직하게 말했다. 그리고 그 순간 촘촘하던 남궁철의 검망이 벼락처럼 찢어졌다.

콰아아!

검망을 찢은 적풍의 사자검이 그대로 남궁철을 베었다.

서걱!

남궁철의 가슴에서 소름 끼치는 소리가 흘러나왔다.

"윽!"

남궁철이 신음을 토해내며 주춤주춤 뒤로 물러났다. 그리고는 겨우 검에 의지에 몸을 세웠다.

"너, 너……?"

남궁철의 얼굴에 의문이 가득하다.

"뭐가 궁금하지?"

적풍이 남궁철 가까이 다가서며 물었다.

남궁철은 수십 년 동안 강호를 종횡한 노고수다. 그런 그는 죽음 직전에 한 가지 의심이 떠올랐다. 지금 흑사회의 이 젊은 마두가 보인 모습이 과거 그가 경험한 한 무리의 모습과 너무 흡사한 것이다.

"이골마족이냐?"

남궁철이 물었다.

"역시 알아보는군. 과거 검은 사자들의 추격에 참가했다지?"

남궁철이 중년의 고수이던 시기 그는 검은 사자들을 추격하는 추격대에 포함됐었다.

그래서 그는 월하선봉에서 펼쳐진 그 강렬하던 전마 적황의 무공을, 그리고 추격의 와중에 본 검은 사자들의 마기를 모두 경험한 몇 안 되는 인물 중 하나였다.

"이골마족이 흑사회에 스며들었는가?"

"한 가지 묻겠다!"

적풍이 남궁철의 의문에 대답하는 대신 차갑게 말했다.

"……?"

"북두회에서 사냥해 간 이골마족은 어디에 있느냐?"

"네놈, 무슨 일을 꾸미는 것이냐?"

남궁철이 다시 물었다.

"이골마족은 어디에 있느냐?"

적풍이 다시 물었다.

"내가 그걸 말해줄 것 같으냐? 악!"

한순간 적풍의 검이 남궁철의 팔을 잘랐다.

"끄윽!"

남궁철이 그 자리에 무릎을 꿇었다.

"편히 죽든지 사지가 잘려 죽든지 선택하라."

"흐흐, 간악한 놈들! 역시 사악한 피를 이어받았구나! 큭!"

남궁철이 다시 고통스런 신음을 흘렸다. 적풍의 검이 그의 왼쪽 다리에 깊이 꽂혔다.

"역시 명문정파의 고수답게 고통을 잘 견디는군. 그래서 한계가 궁금해졌다. 얼마나 견딜 수 있는지."

적풍이 남궁철의 허벅지에 꽂힌 사자검을 비틀었다.

"끄윽!"

남궁철의 얼굴이 고통으로 일그러졌다. 그런 남궁철을 적풍은 냉정한 시선으로 바라보았다. 그의 검 역시 전혀 멈추지 않았다.

"모, 모른다. 그 일은 오직… 북두회의 수장들만이… 컥!"

고통에 맥이 빠진 남궁철이 미처 말을 다 하지 못하고 헛바람을 토했다.

"몇이나 되나, 살아 있는 사람이?"

"그 역시… 우욱!"

다시 가해진 고통에 남궁철이 맨손으로 적풍의 사자검을 부여잡았다. 검날에 베인 손에서 다시 피가 흐른다. 그러나 적풍에게선 검을 거둘 기미가 보이지 않았다.

"고통은 이렇게 견디기 힘들지. 단 일각도 말이야. 그런데 우린 그 고통을 평생 겪으며 살고 있거든."

적풍이 말했다.

"죽여라!"

"더 들을 말이 있어."

"흐으윽! 뭐냐?"

"흑사회엔 왜 왔지?"

무척 늦은 질문이다.

사실은 이 질문을 가장 먼저 해야 했다.

"우린… 흑사회의 과거 잘못을 용서하고 북두회의 그늘로 들어오라는 제안을 하러 왔다. 그런데 너희가 모든 일을 그르치는구나. 이것으로 흑사회는 결국 멸망하게 될 것이다."

남궁철이 저주를 퍼부었다.

그러나 적풍은 남궁철의 저주 따윈 관심이 없는 듯 보였다.

"그래? 그랬단 말이지. 결국 지왕종문을 상대하는 일이 녹록치 않다는 의미군. 흑사회까지 회유하려 한 걸 보면."

정곡을 찌르는 적풍의 말에 남궁철의 표정이 일그러졌다. 이 젊은 마두는 사나울 뿐만 아니라 영악하기까지 했다.

"좋아, 이쯤에서 보내주지. 편히 쉬라고."

사자검이 남궁철의 허벅지에서 뽑혔다 싶은 순간 날카롭게 그의 목을 스치고 지나갔다. 그러자 남궁철이 적풍을 노려보던 표정 그대로 숨을 거뒀다.

"주군!"

남궁철이 쓰러지자 뒤쪽에서 낭왕 준갈 등이 다가왔다. 적풍이 세 사람을 보며 말했다.

"일은 마무리 지어야지?"

"그래야지요!"

준갈이 호기롭게 대답했다.

준갈 등 세 사람은 적풍이 오대세가의 절정고수 셋을 한순간에 베어버리는 것을 보곤 크게 용기를 얻은 모양이다.

"말을 가져와!"

적풍이 말했다. 그러자 대발이 얼른 말을 끌고 왔다.

"초원에서처럼 놀아보자고!"

적풍이 말 위에 오르며 말했다.

"그야말로 우리의 즐거움이지요."

준갈 등 삼 인도 얼른 말에 올랐다.

"가자!"

적풍이 앞서 말을 몰아 급작스런 수장들의 죽음에 어찌할 바 몰라 당황하고 있는 오대세가의 고수들을 향해 질주하기 시작했다.

"오랜만에 재미 좀 보자고! 호옷!"

준갈이 월아도를 빼 들고 적풍의 뒤를 따르며 괴성을 질러댔다.

유령마군 사혼과 마도충은 흑사회의 수뇌들을 이끌고 단절곡 오른편 절벽 위에서 계곡을 내려다보고 있었다.

적풍과 그를 따르는 세 명의 수하가 말을 타고 돌진해 오대세가의 고수들을 휘젓는 모습이 보인다. 수장을 잃은 오대세가의 고수들은 속수무책으로 당하고 있었는데, 그중 일부는 이미 꼬리를 말고 계곡 북쪽으로 도주하고 있었다.

그러나 그들은 미처 알지 못했다. 그들이 향하는 곳에 적풍만큼이나 무서운 우마가 기다리고 있다는 것을.

"어떤가?"

유령마군 사혼이 가벼운 미소를 지으며 마도충에게 물었다.

"믿기지가 않습니다."

마도충이 대답했다. 그의 얼굴은 홍분으로 벌겋게 달아올라 있다.

"내가 말이야, 처음에는 저놈을 죽이려고 했어."

"예?"

마도충이 놀란 표정이 되었다.

"저놈이 영 내 말을 들을 것 같지 않았거든. 더군다나 자질은 믿을 수 없이 뛰어나서 결국 내 머리 위에서 놀 것 같더라고. 그래서 죽이려고 했는데……."

"왜 살려두셨습니까?"

마도충이 물었다.

"그게 말이야, 갑자기 욕심이 나더라고."

"욕심이요?"

"그래. 마침 오대세가의 공격으로 궁벽한 외지로 도망만 다니는 일에 신물이 날 때였지. 그런 때에 녀석의 엄청난 재능을 보니까 잘하면 이놈을 앞세워 천하에 흑사회의 바람을 일으킬 수도 있겠다는 생각이 들더라고. 천하를 손에 넣는 것은 어려워도 강호에 우리 흑사회를 당당한 일문으로 세울 수는 있겠다 싶었지. 그래서 살려두고 제대로 무공을 가르쳤지."

사혼의 말에 마도충이 고개를 끄떡였다.

"만약 오늘 제가 소회주의 모습을 직접 보지 않았다면 회주님의 생각에 동의하기 어려웠을 겁니다. 그런데 직접 제 눈으로 확인하고 나니 저 역시 그런 기대가 생깁니다."

"괜찮겠지?"

사혼이 동의를 구하듯 물었다.

"적어도 모험을 걸 만한 패입니다."

"흐흐, 그러게 말이야. 때도 좋아. 천하가 지왕종문과 북두회의 싸움으로 어지럽지 않은가."

"문제는 그들이 싸우는 동안 얼마나 많은 세력을 끌어들일 수 있느냐 하는 것입니다."

"사실은 나도 그게 걱정이야. 우리 흑사회는 워낙 강호의 평판이 좋지 않아서……."

"이참에 아예 새로운 문파를 만들까요?"

마도충이 말했다.

"응? 새로운 문파를?"

"그렇습니다. 아예 소회주와 우마 놈을 앞세워 새로운 문파를 만들면… 죄송한 말씀이지만 회주님이나 저는 한 걸음 뒤로 물러나 있어야겠지요."

"회의 형제들이 순순히 녀석을 따를까?"

"오늘 밤 소회주의 활약을 보았으니 군말 없이 따를 겁니다. 솔직히 오대세가의 절정고수들을 베는 것은……."

"나도 힘들다? 낄낄."

"죄송합니다."

"아냐, 괜찮아. 어쨌거나 나쁘지 않은 계책이군. 한번 계획을 세워보시게."

"알겠습니다, 회주."

마도충이 고개를 숙여 보였다.

싸움은 거의 끝나가고 있었다. 남궁철 등을 따라온 오대세가의 고수들은 모두 전멸을 당했고 몇몇 도주한 자는 단절곡 북쪽을 지키던 우마의 손에 사로잡히거나 죽임을 당했다.

적풍은 언제부턴가 싸움에서 손을 놓고 준갈 등이 싸움을 마무리하는 모습을 지켜보고 있었다.

준갈은 과연 혈랑대의 수장답게 손속이 독했다.

그는 항복을 원하는 적조차도 가차 없이 죽였다. 그런 그의 독한 손속은 아마도 그들의 싸움을 지켜보고 있는 흑사회의 마인들에게 꽤나 큰 충격일 터였다.

"끝났습니다."

마지막으로 적을 주살한 준갈이 피 묻은 도를 들고 적풍에게 다가와 말했다.

"좋아, 모두 묻어줘!"

"예?"

준갈이 뜨악한 표정으로 물었다. 본래 초원에선 죽은 자는 독수리의 밥에 되게 버리는 것이 풍습이다.

"우리가 그렇게 막돼먹은 사람이 아니라는 것을 보여줄 필요가 있어. 여긴 중원이야. 죽은 적을 묻어주면 흑사회의 마인들도 우릴 보는 눈이 달라질 거야."

"그래 봐야 자기들도 마인 아닙니까?"

"그래서 하는 말이야. 우린 뭔가 좀 다르게 보여야 하지 않겠어?"

"쩝, 알겠습니다. 그러죠. 이것들 봐, 이자들을 한데 모아 묻어주자고!"

준갈이 율사와 대발을 보며 말하자 두 사람도 어리둥절한 표정을 짓다가 준갈이 움직이자 어쩔 수 없이 죽은 자들의 시신을 한데 모으기 시작했다.

그렇게 준갈 등이 죽은 자들을 묻고 있을 때 북쪽에서 말발굽 소리가 들렸다.

두두두!

퇴로를 지키고 있던 우마가 일을 끝내고 수하들을 이끌고 달려오고 있었다.

"형님!"

우마가 바람처럼 달려와 적풍을 불렀다.

"어찌 됐어?"

"모두 제압했습니다. 둘은 살려서 데려왔습니다."

"뭐하러?"

"북두회의 소식을 들을 수 있을 것 같아서요."

"그거야 달리 알아봐도 되잖아? 누구든 이곳에 온 자를 살려두는 것은 좋지 않아."

"도주하지 못하게 잘 처리하겠습니다."

"알겠어. 그건 아우가 알아서 하고, 그자는 모르더군."

적풍이 다른 사람들은 듣지 못하게 나직한 목소리로 말했다.

"뭘 말입니까?"

"북두회에서 사로잡아 간 신혈족이 어디에 있는지 말이야. 북두회의 수장들만이 알고 있을 거라 하더군."

"검왕 남궁철이 그리 말했습니까?"

"음."

적풍이 고개를 끄떡였다. 그러자 우마가 어두운 표정으로 말했다.

"그렇다면 살아 있는 사람들을 찾아내는 것이 쉽지 않겠군요."

"그럴 것 같아. 이골마족의 존재 자체를 세상에 철저히 감추고 있는 모양이니."

"결국 북두회 호천대에 접근하는 것이 가장 빠르겠군요."

"아무래도 그렇겠지? 하지만 그 역시 쉬운 일은 아니지 않은가?"

"불가능한 일도 아니지요."

우마가 말했다.

"방도가 있는가?"

"북두회의 최대 약점이 뭔지 아십니까?"

우마가 물었다.

"갑자기 그건 왜?"

"그 약점을 알면 호천대에 접근할 방도가 생기지요."

"뭔가?"

"그들의 최대 약점은 서로 근본이 다른 자들이 한데 모였다는 겁니다. 북두회는 과거 전마께 공격당한 문파들의 모임이기에 정사가 따로 없습니다. 잘 꾸리면 강점이지만 사실 약점이 더 크지요."

"결국 분열할 거란 말인가?"

"아마도 종국에는 그럴 겁니다. 하지만 제가 하고 싶은 말은 그게 아닙니다."

"계속해 봐."

적풍이 우마를 재촉했다.

"호천대는 북두회 칠가에서 가려 뽑은 자들로 이뤄져 있다더군요. 그들 중에는 정파의 사람도 있고 마도의 무리도 있습니다."

"그래서?"

"정파의 무리는 몰라도 마도의 무리는 어떻게든 입을 열게 만들 수 있지요."

"뇌물을 쓰려고?"

"그것도 좋은 방법이지만 그보다 더 좋은 방법도 있지요."

우마가 빙그레 미소를 지었다.

"어떻게 하려고?"

"야문을 이용하려 합니다."

"야문이라……. 술과 여자?"

"뭐, 그렇지요. 혈궁과 천산마문의 마인 중에 찾아보면 입을 열 자가 분명히 있을 겁니다."

우마가 자신 있는 표정으로 말했다.

"그런데 야문에서 순순히 응해줄까? 위험한 일인데 말이야."

"야문은 들어줄 겁니다."

"야문의 문주와 특별한 관계라서?"

"언제 한번 인사드리게 하겠습니다."

"어쩌다가 인연이 된 거야?"

"싸우다 보니 정이 들더군요."

우마가 씩 미소를 지었다.

"아무튼 잘된 일이야."

적풍이 만족한 표정을 짓는데 준갈 등이 다가왔다.

"모두 묻어주었습니다."

"좋아, 오늘 모두 고생했다. 이제 모두 돌아간다."

"옛, 소회주!"

적풍의 명에 싸움에 동원된 흑사회 마인들이 일제히 대답했다.

흑사회 마인들의 대답을 들으며 적풍은 이 싸움이 자신의 의도대로 끝났음을 직감했다. 흑사회 마인들의 말투에서 적풍에 대한 온전한 복종의 기운을 느꼈기 때문이다.

오늘의 싸움을 통해 그들은 적풍에 대한 신뢰감을 가지기 시작할 것이다. 그리고 그것이야말로 적풍이 이 싸움에서 진정으로 얻고자 한 것이다.

하룻밤 새 많은 것이 달라졌다.

어제까지 손님 같던 적풍 일행은 이제 온전히 흑사회의 일원으로 받아들여졌다. 흑사회의 마인들은 복종의 눈빛과 두려워하는 표정으로 적풍을 대했다.

오대세가의 절정고수 셋을 어렵지 않게 베어버린 적풍의 무공은 힘이 모든 것을 지배하는 흑사회 같은 마도의 무리에서 가장 강력하고 무서운 지배력이다.

그런데 변한 것은 흑사회의 마인들만이 아니었다.

적풍 역시 변했다. 그날 밤이 지나고 아침이 왔을 때 적풍은 마치 자신의 집에서 깨어난 것같이 편안한 느낌을 받았다. 허름한 십자성이 오랫동안 자신이 지내온 고향처럼 느껴진 것이다.

"좋은 곳이다."

적풍은 허름하지만 단단한 뼈대를 가지고 있어 알 수 없는 위엄이 느껴지는 십자성을 둘러보며 중얼거렸다.

그때 아침부터 우마가 적풍을 찾아왔다.

"형님!"

"무슨 일이냐, 이렇게 일찍?"

"노인네들이 찾으십니다."

"웬일이지?"

아침부터 자신을 찾을 정도면 심상찮은 일이 분명했다.

"저도 잘 모르겠습니다. 일단 아침이나 같이하자고 했습니다."

"그래? 일단 가보지."

적풍이 검을 들고 자리에서 일어났다.

이상한 일이었다.

유령마군 사혼과 마도충은 낡은 성의 망루에서 적풍을 기다리고 있었다. 망루 위에는 조촐한 아침상이 차려져 있었는데 확실히 그 분위기가 특별해 보이는 아침이다.

"무슨 일입니까?"

망루에 오르자마자 적풍이 물었다.

본래 이런 운치를 즐길 유령마군 사혼이 아니다. 반드시 목적이 있어서 이런 자리를 마련한 것일 터였다.

"일은 무슨, 어제 수고한 것에 대한 답례로 아침이나 같이 먹자는 거지. 앉아라."

사혼이 평소와 다름없는 모습으로 적풍에게 자리를 권했다.

적풍이 떨떠름한 표정으로 사혼의 맞은편에 자리를 잡고 앉았다.

"소회주, 어제는 정말 크게 놀랐네."

마도충이 은근한 목소리로 적풍에게 말을 건넸다.

"괜찮았습니까?"

"물론. 아주 훌륭했네."

적풍의 물음에 마도충이 크게 고개를 끄떡였다. 적풍의 조금은 오만한 행동도 이젠 자연스런 모양이다.

"만족하셨다니 다행입니다."

"만족 정도겠는가? 난 아주 크게 감명을 받았다네. 사실 난 우마 놈이 세상에서 가장 뛰어난 자질을 가지고 있는 줄 알았거든."

마도충이 슬쩍 우마를 보며 말했다.

"형님과 절 비교할 수는 없지요. 형님이야말로 우리 흑사회를 강호무림에 군림하게 만드실 분입니다."

우마가 단호하게 말했다.

"그러게 말이다. 나도 어제야 그 사실을 인정하게 되었구나."

"사부께서 그런 마음을 가지셨다니 다행입니다. 이제야 우리 흑사회가 하나가 되었군요."

우마가 드물게 얼굴에 미소를 지었다.

"우마 넌 욕심이 없느냐?"

유령마군 사혼이 물었다.

"무슨 욕심 말입니까?"

"흑사회의 우두머리가 되고 싶은 욕심 말이다."

"글쎄요. 뭐, 흑사회 정도의 우두머린 되고 싶군요."

우마가 어깨를 으쓱하며 말했다.

"그러니까 여전히 유괴 저놈과 경쟁할 마음이 있다는 거로구나."

"그럴 리가요. 절대 그럴 일은 없습니다. 다만 형님은 결코 흑사회의 우두머리 정도로 만족하실 분은 아니라는 거지요. 형님이 강호무림을 손에 넣으시면 전 흑사회 주인 정도로 만족한다는 뜻입니다."

"뭐? 으하하! 이놈들이 정말 배포가 크구나!"

사혼이 어이없다는 표정을 지으면서도 기분이 좋은지 호탕한 웃음을 터뜨렸다.

"회주, 이젠 정말 이 아이들에게 흑사회를 넘겨도 되겠습니다."

마도충도 만족한 듯 사혼에게 말했다.

"음, 그 이야기는 밥을 먹고 하세."

"하하, 그럴까요? 자자, 아침들 먹자고!"

식사는 그리 오래 걸리지 않았다. 본래 흑사회의 마인들은 언제나 위험 속에서 활동하기 때문에 음식을 빨리 먹는 버릇이 있었다. 그래서 이렇게 평온한 아침 식사도 일각을 넘기지 않고 끝났다.

탁!

사혼이 젓가락을 내려놓고는 소매로 입가를 닦은 후 입을 열었다.

"자, 그럼 시작해 보자고!"

"뭘 말입니까?"

적풍이 물었다.

"우린 오늘부로 너희에게 흑사회를 넘겨줄 생각이다."

"예?"

우마가 놀란 표정으로 되물었다.

그러자 마도충이 사혼을 대신해 대답했다.

"이런 일은 본래 터놓고 얘기하는 것이 좋을 테니 내가 말하겠다. 솔직히 말하자면 회주님과 나는 지금 강호에서 은퇴하고 싶지 않다. 우리 같은 사람은… 권력을 놓는 일이 죽음보다 싫지."

"맞아. 난 지금도 속이 좋지 않아. 네놈들에게 흑사회를 넘길 생각을 하니 말이다."

사혼이 얼굴을 찌푸리며 말했다.

"그런데 왜……?"

우마가 다시 물었다.

"이유는 간단하다. 네놈 말대로 소회주가 흑사회보다 더 큰 것을 우리에게 줄 수 있다고 판단했기 때문이지. 처음 회주께서 소회주에 대해 말씀을 하셨을 때는 반신반의했지만, 어제 오대세가의 고수들을 상대하는 것을 보고는 나도 모험을 할 만하다 생각했다."

마도충의 표정이 무척 진지해졌다. 적풍과 우마는 이 두 노마(老魔)가 장난을 치고 있지 않다는 것을 깨달았다.

"형님이시라면 해볼 만하지요."

우마가 대답했다.

"그래. 그 가능성에 얼마 남지 않은 우리 늙은 목숨을 걸기로 했다. 실패하면 곱게 죽긴 어렵겠지. 아무튼 말이다, 그래서 회주님과 난 흑사회를 해체하기로 했다."

"그건 또 무슨 말입니까?"

갑작스런 통보에 우마가 반발하듯 물었다.

흑사회의 해체는 곧 적풍과 우마의 꿈을 처음부터 다시 시작해야 한다는 것을 의미하기 때문이다. 밥 잘 먹고 무슨 헛소린가 싶은 우마다.

"흑사회는 강호의 평이 좋지 않아. 그래서 우린 흑사회란 이름을 버리고 새로운 문파를 만들기로 했다. 물론 그 문파는 소회주의 이름으로 만들 것이다. 회주님과 내 이름이 끼어드는 순간 새로운 문파 역시 흑사회의 악평을 이어받을 테니까."

마도충의 진지한 대답에 우마가 입을 닫았다. 우마의 얼굴에는 감사와 슬픔의 기운이 함께 존재했다.

우마는 설마 이 악독한 두 마인이 자신과 적풍을 이렇게까지 생각하고 있을 줄은 몰랐다.

"그렇다고 우리가 아주 뒷방으로 물러나는 것은 아니다. 세상에 드러나지 않을 뿐 우린 여전히 새로운 문파의 중심에 있을 테니까."

"당연한 일이지요. 두 분 없이 우리가 무슨 일을 할 수 있겠습니까?"

우마가 평소답지 않게 굽실거리며 말했다.

그러자 사혼이 뜨악한 표정으로 적풍에게 물었다.

"넌 왜 아무 말이 없어?"

"이름 하나 바꾸는 것이 뭐 대단한 일이라고 호들갑을 떨겠습니까?"

"이런 망할 놈! 그 문파의 주인 자리를 네게 주겠다잖아?"

"흑사회로 있어도 결국 제게 돌아올 자리였지요. 오히려……."

"오히려 뭐?"

"결국 우리 두 사람을 앞세우고 두 분께서는 뒤에서 실질적으로 천하를 장악하겠다는 뜻 아닙니까?"

적풍이 물었다. 그러자 사혼이 갑자기 실실 웃음을 흘리며 마도충에게 말했다.

"봤지? 녹록한 놈이 아니라고 했잖나. 얼핏 보면 힘만 센 것 같지만 상당히 영악한 놈이라고."

"그래서 소회주는 이 계획이 싫소?"

마도충이 적풍에게 물었다.

"싫을 것도 좋을 것도 없다는 뜻입니다. 아무튼 그리하기로 했으면 그렇게 해야지요."

적풍이 대답하고는 자리를 털고 일어나려는데 사혼이 손을 저어 적풍을 만류했다.

"앉거라. 아직 할 말이 더 있다."

사혼의 말에 적풍이 일어나려다 말고 다시 자리에 앉으며 물었다.

"또 뭡니까?"

"음, 한 가지 충고를 해야겠다. 너희 둘에게."

사혼이 무척 신중해졌다.

"말씀하시지요."

우마가 공손하게 대답했다.

"사람은 말이다, 자신과 다른 사람에게는 본능적으로 거부감을 갖게 마련이다."

순간 적풍은 사혼이 무슨 말을 하려는지 금세 알아챘다. 그는 지금 자신과 우마의 신혈에 대해 말하고 있는 것이다.

적풍의 시선이 자연스레 마도충에게로 향했다. 그러자 사혼이 다시 입을 열었다.

"부회주도 이미 알고 있는 일이다. 우마가 신혈인데 그를 모르겠느냐? 어차피 너에 대해서도 알아야 될 일, 내가 말해줬다. 아무튼 너희의 그 기운, 가려라. 가능하다면 영원히."

"어렵다는 걸 아시지 않습니까?"

"신혈의 기운을 드러내지 않으면서 힘을 쓰면 어느 정도지?"

"글쎄요. 칠 할? 더 부족할 수도 있지요."

"그럼 일단 그 힘만으로 세상을 상대해."

"제 생각은 조금 다릅니다만……."

적풍이 고개를 저었다.

"어떻게?"

"과거 전마가 세상을 휩쓸던 때를 기억하십니까?"

"물론 기억하지."

"당시 전마는 그 힘으로 천하에 군림했지요. 그 절대적인 힘 앞에 그의 피는 방해가 되지 못했어요."

"아니다. 결국 그는 강호의 공적이 되어 월하선봉에서 죽었다. 그가 죽은 이유는 분명 그가 신혈족이었기 때문이다. 그가 천하공적이 되지 않았다면 그런 일은 없었을 거야. 난 그 일이 되풀이되는 것을 걱정하는 것이다. 너희가 신혈족임이 알려지는 순간 아마도 흑사회 내부에서조차도 반감을 갖는 자들이 생겨날 거다. 그러니 숨기는 게 좋아."

"전마가 죽은 것은 강호공적이어서가 아닙니다. 단지 한 사람을 믿었기 때문이지요. 또한 그가 강호공적이 된 것도 신혈족이기 때문이 아니지요. 이골마족의 존재는 그때나 지금이나 강호의 아주 일부 사람만이 알고 있습니다. 북두회는 지금도 이골마족의 존재를 강호에 숨기고 있지 않습니까?"

"그렇긴 하다만… 어쨌거나 특별한 피와 힘을 지니고 있다는 것을 드러내는 것은 결코 현명한 일이 아니다. 이 일은 반드시 내 충고를 따라주길 바란다."

사혼의 진지한 부탁에 적풍은 차마 거절할 수가 없었다.

"가능하다면 그러지요."

"후우, 힘을 쓰면서도 그 기운이 밖으로 드러나지 않게 할 수 있으면 좋은데."

사혼이 한숨을 쉬며 중얼거렸다.

그러자 마도충이 혼잣말처럼 중얼거렸다.

"혹 천의비문이라면 가능하지 않을까요?"

"천의비문?"

"그렇습니다. 본래 그들은 괴질이나 기형의 병을 고치는 데 탁월한 능력을 지니고 있지 않습니까?"

"그렇기는 하지. 하지만 그들이라고 혈통으로 내려오는 신혈족의 기운을 쉽게 다스리지는 못할 거네."

"그렇기는 하지요. 하지만 만약 강호에서 누군가 신혈의 기운을 다스리는 법을 알아낸다면 그건 아마도 천의비문일 겁니다."

"그렇다 한들 그들을 만날 수나 있나."

사혼이 고개를 저었다.

"하긴 천의비문은 그 위치를 알기도 어려울뿐더러 그들은 마도를 경멸한다고 알려졌으니 우릴 만나줄 리도 없지요."

마도충이 의기소침한 표정으로 대답했다.

"형님, 왜 그러세요?"

갑자기 우마가 적풍에게 물었다.

마도충의 입에서 천의비문이란 말이 나오는 순간 적풍이 잠시 딴생각에 빠진 듯 보였기 때문이다.

적풍에게 천의비문이란 단순한 문파가 아니었다. 적풍의 어머니 유하가 죽으며 남긴 유언 속에 있던 문파의 이름이다.

"지금도 천의비문의 문주는 유천궁입니까?"

적풍이 우마의 물음에는 대답하지 않고 마도충에게 물었다.

"소회주가 그의 이름을 어떻게 알고 있나? 강호에선 쉽게 알지 못하는 이름인데……."

마도충의 뜻밖이라는 듯 물었다.

"그러게. 나도 천의비문에 대해선 말해주지 않은 것 같은데 어떻게 알았지?"

사혼이 고개를 갸웃했다.

"어쩌다가 어린 시절 들은 적이 있습니다. 그런데 천의비문은 어떤 곳입니까?"

적풍이 물었다.

"음, 세상에서 가장 신비한 의가라고 할 수 있지. 혹자는 죽은 사람도 살리는 의술을 가지고 있다고 하지만 그야 과장된 말일 테고. 어쨌든 강호의 고수 중 죽을 지경에 처했을 때 그들의 도움을 받아 살아난 사람이 적지 않네. 덕분에 강호의 누구도 무시할 수 없는 존재가 되었지. 알다시피 악한 자라 할지라도 자기 목숨을 구해준 사람에 대해선 쉽게 그 은혜를 잊지 못하는 법이니까."

마도충이 대답했다.

그러자 이번에는 우마가 물었다.

"그런 의가라면 당연히 세상에 널리 알려져야 하는 것 아닙니까? 그런데 전 그 이름을 처음 듣습니다만……."

"음, 그건 무슨 일인지 그들이 이십여 년 전부터 강호에 나오지 않았기 때문이다. 한동안은 이상한 소문도 돌았지. 그들이 검은 사자들과 인연이 있다는……."

"사실인가요?"

우마가 물었다. 그렇다면 천의비문은 그와 적풍과도 인연이 아주 없는 곳이 아니었다.

"그야 모르지. 하지만 아닐 가능성이 커. 만약 그랬다면 북두회가 그들을 그냥 두지 않았을 테니까."

마도충이 대답했다.

"나도 그렇게 생각하네만 또 모르지, 세상일은. 아무튼 너희 두 사람은 지금부터 절대 신혈의 기운을 드러내지 않도록 해라. 목숨이 위급한 순간이 아니면 말이다."

사혼이 적풍과 우마에게 다시 한 번 당부했다.

"회주님 말씀대로 하겠습니다."

우마의 대답을 끝으로 그날의 아침 동석은 끝이 났다.

"천의비문이란 곳에 대해 알아봐. 은밀하게."

함께 망루를 벗어나던 적풍이 우마에게 나직하게 말했다.

"왜요? 그들에게 정말 신혈의 기운을 통제할 방법이 있는지 알아보시려고요?"

"아니."

"그럼 왜……?"

"거기 문주라는 자를 한번 만나봐야겠어."

"……?"

"받을 빚인지 갚아야 할 빚인지는 모르지만 어쨌거나 빚이 있는 것 같아."

"그런 빚이 세상에 어딨습니까?"

우마가 되물었다.

"하여간 알아봐 줘."

"뭐… 그러지요."

우마가 머쓱하게 대답했다.

제3장
십자성

적풍은 문득 허소월이 그리워졌다. 그건 아마도 자신도 모르게 그가 필요하다고 느꼈기 때문일 것이다.

허름한 대전에서 우마와 율사, 그리고 이산해가 머리를 싸매고 있다. 십자성 근방을 그들만의 완벽한 요새로 만들기 위한 계획을 세우고 있는 것이다.

그러나 세 사람 모두 뛰어난 지모를 지니고 있다 해도 이들은 정식으로 기관진식이나 진법을 배운 적이 없었다.

그러니 아무리 머리를 싸매고 있어도 보통 사람들이 생각해 내는 방어진 이상은 떠오르지 않았다.

유령마군 사혼과 마도충은 즉시 흑사회의 간판을 내리고 새로운 문파의 창설을 선언하고 싶어 했지만 적풍의 생각은 달랐다.

새로운 문파를 창설하기 전에 십자성을 그들만의 완벽한 요새로 만들고 싶었다.

그 든든한 울타리가 흑사회 마인들의 마음을 편하게 해 새로운 문파에 충성하게 만들고, 지왕종문과 북두회의 싸움을 피해 온 외인들이 새로운 문파에 몸을 의탁하는 데 안도감을 느껴야 한다는 것이 그의 생각이었다.

그리고 또 하나, 새로운 문파를 창건했을 때 오대세가나 강호의 문파들이 어찌 반응할지 알 수 없기에 그에 대한 대비를 먼저 해두고 싶었다.

적풍이 생각하는 십자성은 암흑의 장막 속에서 강호인의 두려움을 자양분으로 도도하게 군림하는 문파였다.

시선이 닿는 곳이라면 그 어디든 접근조차 힘든 암흑의 성(城), 그 안에는 절대의 능력자들이 득실대는 그런 십자성을 적풍은 만들고 싶었다.

어쩌면 그건 그가 어려서부터 살아온 삶, 이골마족으로 사냥꾼들의 눈을 피해 살아온 과거 때문인지도 몰랐다.

도망자로 살아온 그의 삶이 그 누구에게도 침범당하지 않는 자신만의 성을 가지고 싶은 욕망을 가지게 한 것이다.

그러나 그 일은 그리 녹록치 않았다.

절대불침의 성을 만드는 일에는 반드시 기문진식에 탁월한 능력을 지닌 사람이 필요하다는 것을 일을 시작하고 나서야 알게 된 적풍이다.

그래서 떠올린 사람이 허소월이다.

허소월은 세상에서 가장 신비로운 기관진식이라고 자신하는 천기자와 밀교의 문을 지키는 월문의 제자가 아닌가.

그런 사람이라면 아마도 이 십자성을 철옹성으로 만드는 일이 그리 어렵지 않을 터였다.

그렇다고 의천노공에게 사람을 보낼 수도 없었다.

"후우!"

적풍이 자신도 모르게 한숨을 내쉬었다. 그러자 우마가 그 소리를 들었는지 적풍을 보며 미안한 기색으로 말했다.

"형님, 미안하오."

"뭐가?"

"우리 능력이 이것밖에 되지 않소. 제길, 싸우는 거나 계책을 꾸미는 일은 자신 있는데 이런 일은 도통……."

"그러게 말입니다. 이건 정말 보통 머리를 지닌 자가 아니면 어렵겠습니다."

율사도 두 손을 내저으며 말했다. 포기하는 듯한 모습이다.

"그저 성벽이나 든든히 쌓고 성안의 건물이나 수리하는 것이 어떻습니까?"

이산해가 아주 현실적인 대안을 제시했다.

"내 생각도 이 대협과 같습니다만……."

율사가 이산해를 거들었다. 그러자 적풍이 고개를 저으며 말했다.

"그건 곤란해. 난 이 십자성을 세상 사람들이 두려워하는 절대의 마지(魔地)로 만들고 싶어. 그리고 그건 우리 생존과도 밀접하게 연관된 일이다. 솔직히 우리가 북두회나 지왕종문과 견줄 수 있는 세력이 되려면 시간이 필요해. 그 시간을 버텨내 줄 공간이 우리에겐 반드시 필요하다."

"그렇기는 하지요."

우마가 고개를 끄떡였다.

그러자 적풍이 우마를 보며 물었다.

"아우, 혹시 적당한 사람 모르나?"

"외인을 들이시는 것은 위험한 일입니다. 일이 끝나고 죽인다면 모르지만."

우마가 말했다.

"그래서 하는 말 아닌가? 믿을 수 있는 사람으로 말이야."

"그런 사람을 쉽게 찾을 수… 아니지. 그러고 보니……."

우마가 고개를 갸웃했다.

"왜, 생각나는 사람이 있소?"

진법에는 문외한이라 적풍 옆에서 검이나 닦고 있던 준갈도 호기심을 드러내며 물었다.

"등잔 밑이 어둡다고, 한 사람 있기는 한데……."

"누구요?"

다시 준갈이 물었다.

"생각해 보니 야문 문주의 처소에 기문진식에 관한 서책이 가득했다."

"야문의 문주라면… 흐흐흐!"

준갈이 음흉한 웃음을 흘렸다.

"뭐요, 그 웃음은?"

우마가 불쾌한 표정으로 물었다.

"아, 아니오. 흐흠, 아무튼 그렇다면 야문의 문주에게 도움을 청하면 되겠구려."

"그렇긴 한데, 과연 쉽게 와줄지는 모르겠소."

"그게 무슨 소리요? 우 대협과 야문의 문주는 특별한 관계라고 하지 않았소?"

"내 입으로 그런 말 한 적 없소."

"에이, 이미 회 내에 소문이 파다하던데 뭘 그러시오?"

"설혹 내가 그녀와 특별한 관계라 해도 이건 전혀 다른 문제요. 그녀는 무척 단호한 사람이오. 공사의 구분이 엄격한 사람이란 말이오."

"우 대협의 청도 거절할 정도로 말이오?"

"그렇소."

우마가 단호하게 말했다.

"아니, 뭐 그렇게 무서운 여자랑……."

준갈이 말을 하다 말고 입을 닫았다. 우마의 눈초리가 심상치 않았기 때문이다.

그러자 적풍이 우마에게 말했다.

"그녀를 만나러 가지."

"형님이 직접이오?"

우마가 놀란 표정으로 물었다.

"궁금했어. 어떤 사람인지."

"그렇기는 하지만… 그래도 형님이 직접 성을 떠나시는 것은……."

"회의 일은 두 노인네에게 맡기면 돼. 새로운 문파를 만드는 일은 사실 우리보다야 두 노인네가 더 능숙하지 않겠어?"

"그렇긴 하지요. 회의 형제들을 설득하는 일도 그렇고."

"어쨌거나 시간을 좀 갖자고. 야문의 문주를 데려올 수만 있다면 큰 힘이 될 거야."

적풍의 말에 우마가 고개를 저었다.

"도와줄지는 몰라도 야문이 우리에게 오지는 않을 겁니다. 본래 야문은 무림문파라고 하기에는 어폐가 있지요. 무림에선 흑도의 무리라고 경멸하고 그들 스스로도 무림과는 거리를 두려 하니까요."

"아무튼 만나보면 알겠지."

"알겠습니다. 자리를 만드는 거야 어려운 일이 아니지요."

우마가 고개를 끄떡였다.

* * *

기화이초가 만발한 정원. 해가 아직 뜨지 않은 이른 새벽부터 정원을 돌보는 여인이 있다.

머리는 흰 수건으로 질끈 묶었고 무명옷 여기저기에는 흙이 묻어 있다.

그러나 평범한 아낙의 모습을 하고 있음에도 불구하고 여인은 특별했다.

단지 그녀의 아름다운 외모가 문제가 아니었다.

그녀에게선 단호함과 부드러움이 함께 묻어 나왔다. 이건 한 세력의 우두머리만이 가질 수 있는 분위기다.

그런 그녀가 몸에 흙을 묻혀가며 정원을 돌보는 일에 정신이 빠져 있는 것이다.

끼이익!

여인이 한창 정원을 돌보는 일에 열중해 있을 때, 기화이초가 만발한 정원의 출입문이 열렸다. 그러고는 열린 문을 통해 세 사람이 조심스럽게 들어왔다.

한 명은 노인이고 다른 두 명은 중년의 나이였는데, 그중 한 사람은 조금 투실한 살집을 가지고 있는 여인이었다.

그러나 몸집과 달리 정원을 돌보는 여인을 향해 움직이는 걸음은 나비처럼 가벼웠다.

"문주, 벌써 기침하셨습니까?"

여인의 뒤쪽으로 다가온 세 사람 중 나이 든 노인이 물었다.

"새벽 공기가 좋아요."

여인이 대답했다.

"정원을 만들길 잘한 것 같습니다. 마음이 심란할 때는 이도 좋지요."

노인이 말했다.

"어찌 되었나요?"

"그들의 배신은 확인되었습니다."

"아쉬운 일이군요."

"덕분에 금릉의 형제들이 곤란을 겪고 있습니다."

"오대세가와 손을 잡았다고 했나요?"

"그렇습니다. 아마도 천하대전이 일어날 것 같으니 두려웠던 모양입니다. 야문이 자신들을 지켜줄 거란 확신이 없었던 거지요."

"그렇군요. 오대세가라면 든든한 울타리라 여겼겠지요. 아쉽군요."

"어찌하실지……?"

"그들의 선택은 이해하지만 그로 인해 본 문 형제들이 어려움에 처한 것은 용서할 수 없군요. 멸(滅)하세요."

여인이 단호하게 말했다.

"알겠습니다. 그런데 그렇게 되면 오대세가의 반발이……."

노인이 걱정을 함께 했다.

"스스로 부끄러운 줄 알아 반발하지 못할 거예요. 오히려 자신들이 자금을 만들기 위해 평소 천시하는 야문의 문파를 회유했다는 사실이 강호에 알려지는 것을 두려워하겠죠."

"그렇게 된다면 좋은 본보기가 되겠군요."

"그래요. 야문의 형제들은 무림문파가 자신들을 지켜주지 않는다는 걸 눈으로 보게 될 테니까요. 덕분에 야문의 결속이 더욱 강해질 거고요."

"불행 중 다행한 일입니다."

노인이 살짝 미소를 지었다.

"상단의 일은 어찌 되었나요?"

여인이 이번에는 중년 사내를 보며 물었다.

"전서가 왔습니다. 왜국과 고려에서의 거래가 모두 성공적이라고 합니다."

"전서구가 왔다는 것은 배가 곧 도착한다는 뜻이군요."

"그렇습니다. 내일이면 도착할 듯합니다."

"그들은 제가 직접 마중하겠어요."

여인이 말에 삼 인 중 후덕해 보이는 여인이 끼어들었다.

"문주, 그것이……."

"문제가 있나요?"

"그분께서 오신답니다."

중년 여인의 말에 여인이 살짝 눈살을 찌푸렸다.

"그게 무슨 상관인가요?"

여인의 대답이 차갑다.

"노여워하지 마세요, 문주. 그간 흑사회에 큰일이 많았다고 합니다. 소식을 전하지 못한 것은 아마 그 때문일 겁니다."

"그야 그의 일이지요. 아무튼 그가 오는 것과 내가 우리 형제들의 상행 복귀를 마중하는 일은 상관없어요."

"그것이……."

중년 여인이 말꼬리를 흐렸다.

"또 뭔가요?"

"손님과 함께 오고 있답니다."

"손님이요?"

여인의 얼굴이 굳어지고 얼핏 노한 눈빛도 드러났다.

"그렇게 연락이 왔습니다."

"내가 사람을 잘못 본 걸까요?"

여인이 고개를 돌려 노인에게 물었다. 그러자 노인이 신중한 표정으로 말했다.

"애초에 전 문주님이 그와 인연을 맺는 것을 반대한 사람입니다만… 그렇다고 그가 그리 경솔한 사람은 아니라고 생각합니다."

"그런가요? 그런데 왜 이렇게 무례한 행동을 하는 거죠? 한 달 동안 아무 소식 없다가 갑자기 이곳으로 외인을 데려온다니……. 이곳은 오직 본 문 사람만이 출입할 수 있는 곳임을 그가 더 잘 알 텐데요."

"그만큼 중요한 사람을 데려온다는 말이겠지요."

노인이 대답했다.

"정말 일선께서 걱정하신 대로 인연이란 어려운 거군요."

"특히나 우리와 같은 사람에겐 더더욱 그렇지요."

노인이 대답했다.

"이 관계를 정리할까요?"

여인의 물었다. 그러자 노인이 고개를 저었다.

"처음엔 반대했지만 결국 제가 문주님과 그의 관계를 동의한 것은 야문을 위해섭니다. 흑사회는 생각보다 무서운 조직입니다. 비록 과거 오대세가로 인해 멸문지경에 처했다고는 해도 결국 다시 부활했습니다. 상대가 오대세간데 말입니다. 우리와 같은 문파는 그런 자들의 도움이 필요하지요. 보통의 무림문파들은 외려 신뢰할 수 없습니다. 흑사회이기에 아무런 거부감 없이 우리 야문과 같이하는 것이지요."

"그와 제가 관계를 정리한다고 야문과 흑사회의 동맹이 깨지는 것은 아니에요. 우리 두 사람은 공과 사는 구분할 줄 아는 사람입니다."

"두 분의 일은 두 분이 결정하십시오. 하지만 늙은이의 눈으로 볼 때 적어도 그는 믿을 만한 사람입니다."

노인의 말에 여인이 잠시 시선을 돌려 해가 드리우기 시작한 정원을 응시했다. 그러다가 중얼거렸다.

"그래요. 그는 믿을 만한 사람이지요. 항상 그래서 문제지요. 후우."

배가 삐걱거리며 작은 수로를 따라 이동하고 있다.

십자성에서 황해로 이어지는 작은 강줄기를 따라 나와 바다에서 큰 배로 옮겨 탄 일행은 항주 인근에서 다시 작은 배로 갈아타고 항주 외곽의 수로를 따라 이동하고 있었다.

수로 양편에는 저녁 장사를 준비하는 주루와 기루의 사람들이 분주하게 움직이고 있다.

해가 지고 밤이 되면 이 수로에서는 빛의 향연이 시작될 것이다. 그 안에서 사람들은 낮의 고단함을 잊기 위해 향락의 향기에 취하게 될 것이다.

"이 중 태반은 야문이 관여하고 있지요."

우마가 적풍에게 말했다.

"들어오는 재물이 만만치 않겠소."

곁에 있던 준갈이 말했다.

"꼭 그런 것은 아니오."

"아니, 이 많은 기루를 관장하는데 어째서 그렇소? 더군다나 이곳 말고 금릉이나 개봉에도 야문의 힘이 미친다고 하지 않았소?"

"그렇긴 하지만 야문은 그들과 관계를 맺은 곳에서 금자를 많이 받지 않소. 아주 최소한의 금자만을 받을 뿐이오."

"흐흠, 야문이 비천한 사람들의 자생을 위해 조직된 세력이라더니 정말 그런가 보구려."

"그렇소이다. 사실 야문을 움직이는 자금은 그들 스스로 충당하고 있소."

"어떻게 말이오?"

"세상에 드러나지는 않았지만 야문은 거대한 상단을 운영하고 있소. 그들의 상단은 바다로는 고려와 왜, 그리고 남방의 이국까지 뻗어 있고, 육지로는 천산을 넘어 서역까지 이른다오."

"아! 그렇게 큰 상단을 가지고 있소?"

준갈이 놀란 표정으로 물었다.

"그렇소이다. 사실 우리 흑사회가 그들과 동맹을 맺게 된 것도 바로 그 상단 때문이오. 흑사회의 고수 일부가 그들의 상단에 포함되어 있소. 야문에도 고수가 없는 것은 아니지만 상단을 호위하기에는 턱없이 부족한 터라……. 명문정파는 야문을 멸시하고 낭인무사들은 실력이 부족하고 믿을 수도 없으니 결국 우리 흑사회의 제안을 받아들인 것이오."

"아하! 바로 그런 이유로 두 문파가 손을 잡은 것이구려. 하긴 그런 이유가 없다면 이 동맹은 좀 이상하지."

준갈이 고개를 끄떡였다.

"어떤 사람이냐?"

문득 적풍이 물었다.

"야문의 문주 말이다."

우마가 자신을 바라보자 적풍이 다시 물었다.

"음, 무척 냉정한 여인이지요. 야문에 이득이 되는 일이라면 무엇이든 할 수 있는 결단력이 있고, 적이라면 어떻게든 죽일 수 있는 독한 심성도 가지고 있습니다."

"그런 여인을 가까이한다고?"

동맹을 맺는 것은 몰라도 여인으로 가까이하기에 썩 좋은 성정은 아니란 생각이 든 것이다.

"그것이… 어쩌다 보니……."

우마가 말꼬리를 흐렸다.

"혹 동맹을 맺기 위한 정략적인 관계는 아니오?"

뒤에서 이산해가 물었다.

그러자 우마가 즉시 고개를 저었다.

"난 그렇게 일하는 사람이 아니오."

"음, 그럼 뭔가 우 대협의 마음을 사로잡을 만한 매력이 있다는 말인데… 혹 예뻐서요?"

이번엔 대발이 장난스럽게 물었다. 그러자 우마의 얼굴이 그답지 않게 벌게졌다.

"흐흐흐, 이제 보니 우 대협께선 미인을 좋아하시는구려. 가시가 있어도 말이오."

대발이 웃음을 흘리며 말했다.

그러자 우마가 경고했다.

"그녀가 아름다운 것은 사실이오. 그러나 그저 아름다운 여인으로만 생각했다가는 곤욕을 치를 것이오. 말했지만 그녀는 냉정한 사람이오. 아마 야문을 위해서라면 나도 벨 것이오."

"오호! 너무 독하군!"

대발이 고개를 저으며 소리쳤다. 그런데 적풍이 의외의 소리를 했다.

"그렇다니 다행이군."

"무슨 말씀이십니까?"

대발이 물었다.

"공과 사의 구분이 엄격하다면 나도 아우와의 관계를 생각지 않고 거래를 할 수 있을 테니 말이야."

"어찌 대하시려고요?"

우마가 걱정스레 물었다.

"우리 요구를 거절하면… 오늘 항주에서 야문은 지워진다."

"형님!"

우마가 놀란 표정으로 적풍을 불렀다. 미처 예상치 못한 말인 듯싶다.

"걱정 마라. 그런 일이 있어도 그녀는 안전할 테니까."

"하지만 형님, 야문은 뿌리가 깊습니다. 항주의 야문이 끝장나도 세상에 퍼져 있는 야문을 적으로 돌리게 되면……."

"그러니 서로 손해 보는 그런 일은 없어야겠지."

적풍이 차갑게 대답했다.

순간 우마는 정말 적풍이 자신의 요구가 받아들여지지 않으면 항주의 야문을 박살 낼 생각이란 것을 깨달았다. 그냥 허투루 한 말이 아닌 것이다.

"제길, 나 혼자 오는 건데……."

우마가 중얼거렸다.

그러나 때는 이미 늦었다. 어느새 일행을 태운 배는 수로 끝의 거대한 호수로 들어서는 길목에 서 있는 장원을 향해 다가가고 있었다.

"이리 오십시오."

중년의 여인이 일행을 장원 안쪽으로 안내했다. 우마는 익숙한 걸음으로 여인의 뒤를 따랐다.

반면 다른 사람들은 장원에 들어서자마자 주변을 살피기에 여념이 없었다.

기이한 장원이다.

겉에서 보기에는 허름하기 이를 데 없었다. 장원을 둘러선 담은 높지만 투박했고, 오랫동안 손보지 않은 것처럼 조금씩

허물어지거나 수풀이 자란 곳도 여러 군데 있었다.

장원 안쪽도 다를 바가 없었다. 오래된 건물 한 채가 정문과 마주하고 서 있어서 장원 안쪽을 깊이 볼 수 없었으나 허름한 것은 밖이나 마찬가지였다.

그런데 그 낡은 건물을 지나 장원 안쪽으로 들어가면서 모든 것이 변했다.

사람들의 옷차림은 수수하지만 깔끔해졌고, 행동거지 역시 절도가 있었다.

장원 안쪽에 빼곡하게 들어선 건물들은 낮지만 단단하고 정갈해서 장원의 초입과는 전혀 다른 공간에 와 있는 것 같은 느낌이 들 정도였다.

더군다나 생각보다 방대한 장원의 규모는 이곳이 명문대파의 본거지라 해도 믿을 정도였다.

"생각과는 다르군."

준갈이 중얼거렸다.

"야문은 결코 무시할 수 없는 문파요."

우마가 경고했다.

"이곳 문주가 진에 대해 잘 알고 있는 것은 분명한 모양이오. 건물들이 일정한 규칙에 따라 세워져 있소. 아마도 특별한 진법을 적용해 세운 것인 듯하오."

이산해가 주의 깊게 야문의 건물들을 살피며 말했다.

"하지만 생각보다 사람이 없군."

문득 적풍이 말했다.

"아니, 그게 무슨 말입니까? 저렇게 사람이 많은데."

대발이 건물 주변에서 분주히 움직이는 사람들을 가리키며 말했다.

"칼 쓰는 자를 말하는 거야."

적풍이 말했다.

"아하! 무인을 말하는 거군요. 그러고 보니 그렇긴 한 것 같네요. 칼 든 자가 별로 없어요."

"칼 든 자들 중에도 기도가 강한 자는 없는 것 같습니다."

준갈이 말했다.

그러자 우마가 대답했다.

"사실 야문에 고수가 얼마나 있는지는 저도 모릅니다. 하지만 많지 않은 것은 분명합니다. 우리 흑사회와 손을 잡게 된 것도 상행에 부족한 무사를 충당하기 위해서였으니 말입니다."

"그럼에도 불구하고 이런 문파를 유지하고 있다는 것은 그들 중 소수라도 뛰어난 자가 있다는 말이군."

"그렇지요. 솔직히 말해 야문의 문주만 해도 제가 승부를 장담할 수 없는 고수니까요."

"아니, 우 대협이 말이오?"

준갈이 놀란 표정으로 물었다.

준갈은 우마가 자신과 같은 신혈족임을 알고 있다. 더군다나 그가 적풍과 비무를 하는 것을 보았으므로 우마의 무공이 결코 자신의 아래가 아님을 알고 있다.

"그렇소이다. 뭐 싸워본 적은 없지만 내 느낌이 맞을 거요."

"음, 소수의 고수가 이끄는 문파라……."

준갈이 나직하게 중얼거렸다.

그러자 우마가 적풍에게 야문에 대해 좀 더 설명했다.

"야문은 문주 이하 열두 명의 실력자가 움직이고 있습니다. 이곳에서는 그들을 십이흑선이라고 부르는데, 그중 열한 번째와 열두 번째 흑선은 세상에 모습을 드러내지 않고 야문의 위기를 대비하는 사람들이라고 하더군요. 그래서 결국 열 명의 흑선이 야문을 움직입니다."

우마의 설명에 적풍이 고개를 끄떡였다.

"여기서 기다리시랍니다."

"접객청?"

우마가 살짝 눈살을 찌푸리며 그들을 안내해 온 여인에게 물었다.

"그렇습니다."

"음, 문주께서 심기가 불편하신 모양이구려."

"아마 석 달 만이시지요?"

중년 여인이 질책하듯 말했다.

"그래서 화가 났다는 거요?"

"그건 저도 모르겠습니다."

여인이 슬쩍 말을 회피하자 우마가 적풍을 보며 말했다.

"형님, 아무래도 내가 먼저 문주를 만나봐야겠습니다."

"그렇게 하든지."

적풍이 고개를 끄떡였다. 그러자 우마가 여인에게 당부했다.

"귀한 분이시오. 조심해서 모셔주시오."

"여부가 있나요. 야문은 손님을 박대하지 않지요."

여인의 대답에는 여전히 뼈가 있다.

그러자 우마가 정색하며 말했다.

"다른 손님과는 다른 분이오. 더군다나 이 일은 야문의 운명과도 관계되어 있으니 신중하시오."

우마의 말에 여인이 살짝 당황한 표정으로 고개를 숙였다.

"알겠습니다. 그리하겠습니다."

여인의 대답을 들은 우마가 적풍에게 말했다.

"그럼 다녀오겠습니다."

"기다리마."

적풍의 대답하자 우마가 야문의 건물들 사이로 난 좁은 길을 따라 자취를 감췄다.

"안으로 드시지요."

우마가 사라지자 오히려 더욱 조심스러워진 여인이다. 아마도 우마의 경고가 먹혀든 모양이다.

적풍이 대답 대신 고개를 끄떡이고는 여인이 안내하는 대로 접객청 안으로 들어갔다.

"지금 본 문을 무시하는 건가요?"

여인의 말에 우마가 눈살을 찌푸렸다.

"무슨 말이 그렇소? 내가 언제 야문을 무시한 적이 있소?"

우마도 기분이 상한 표정으로 대꾸했다.

"그럼 어째서 일언반구도 없이 사람을 데려온 거죠? 날 만나려는 사람은 반드시 사전에 허락을 받아야 한다는 걸 모르지 않잖아요?"

여인, 야문의 문주가 날카롭게 지적했다.

"두 가지 이유가 있소."

"뭔가요, 그 이유가?"

여인의 얼굴이 북풍한설이 몰아치듯 좀체 표정이 풀리지 않았다.

"하나는 그분이 야문의 운명에 너무도 중요한 사람이 될 수 있기 때문이오."

그러자 여인의 얼굴에 반발심이 생겼다.

"야문의 운명은 야문이 결정해요. 잊었나요?"

"물론 잊은 것은 아니오. 하지만 그럼에도 불구하고 그분은 야문의 운명에 분명 큰 영향을 미칠 수 있는 사람이오. 좋은 쪽이든 나쁜 쪽이든. 그러서 난 그분을 기다리게 하고 싶지 않았소. 문주의 허락을 받으려면 시일이 꽤나 지체될 것이기 때문이오."

"당신이 그렇게 말하다니 정말 의외군요. 당신은 누구의 눈치도 보지 않는 사람 아닌가요? 설혹 당신의 목을 벨 수 있는 고수라도 말이에요."

"그러나 그분은 다르오."

"도대체 그가 누구죠?"

"…그는 흑사회의 새로운 주인이오!"

"뭐라고요?"

여인이 지금까지 굳어 있던 표정을 지켜내지 못하고 놀란 표정으로 물었다.

"그분이 흑사회의 새로운 주인이라고 말했소."

"흑사회의 후계자는 당신 아니었나요?"

의문과 실망이 섞인 표정이다. 아마도 우마가 흑사회의 주인이 될 거라 믿고 있던 모양이다.

"그분이 나타나기 전에는 그랬소."

"도대체 그가 누군데요?"

야문의 문주가 화난 표정으로 물었다. 우마가 흑사회의 주인이 된다는 가정하에 야문의 미래를 그려온 그녀이다. 그러니 우마가 주인이 아닌 흑사회는 그녀에게 골칫덩어리가 될 수 있었다.

"그는 회주의 제자요."

"회주? 유령마군 말인가요?"

"그렇소."

"단지 그가 유령마군 사혼의 제자라는 이유로 그에게 흑사회를 넘겨줬단 말인가요?"

야문의 문주가 인정할 수 없다는 표정으로 물었다. 당장에라도 흑사회를 되찾아 오라고 요구하는 것 같았다.

"그건 아니오. 난 갑자기 나타난 회주의 제자에게 순순히 흑사회를 넘길 만큼 너그러운 사람이 아니오."

"하면 일이 왜 그렇게 된 거죠?"

"결정하는 것은 아주 간단했소. 내가 그에게 졌으니까."

"비무를 했다는 건가요?"

"그렇소."

우마가 대답하자 여인이 탄식을 흘리며 중얼거렸다.

"정말 어리석군요. 비무라니, 유리한 것을 쓰지 못하고 왜 모험을 한 거죠?"

"자신이 있었으니까."

우마가 대답했다. 그 말에 문득 여인이 고개를 끄떡였다.

"하긴 그렇군요. 흑사회에서 당신을 상대할 사람은 유령마군 사혼뿐이었으니까. 그럼 그가 사혼보다도 강하다는 건가요?"

여인이 믿을 수 없다는 표정으로 물었다. 그러자 우마가 잠시 말을 끊었다가 입을 열었다.

"적란, 잘 들어보시오. 그분이 어떤 사람인지 말해주리다. 먼저 그분은 비무에서 날 완벽하게 제압했소. 솔직히 말하면 난 그분의 십초지적도 되지 못할 거요."

"설마……?"

"더 들어보시오. 비무가 끝나고 그분이 새로운 후계자가 되었을 때 어떻게 알았는지 오대세가의 고수들이 십자성을 침입했소. 오대세가의 고수들을 이끌던 자들은 남궁세가의 검왕 남궁철, 산동악가 섬창 악무관, 요동검가 단혼검 이여림이었소. 그런데 그분이 그들 세 사람을 단번에 모두 베어버렸소."

"아!"

여인의 입에서 나직한 탄식이 흘러나왔다. 우마가 말한 세 명의 고수는 그녀에게도 익숙한 이름들이다. 그들은 모두 세상에 널리 알려진 오대세가의 대표적인 고수다.

그런 자 셋을 홀로 베었다면 그건 우마가 감당할 수 없는 절정의 고수란 뜻이다.

그렇게 되자 여인은 이해할 수 있었다. 왜 우마가 흑사회의 후계자 자리를 그에게 넘긴 것인지.

"강한 자군요. 그러나 그렇다고 해도 그가 우리 야문의 운명을 좌우할 수는 없어요. 아니, 오히려 그가 우리 야문을 위협하면 당신이 막아줘야 하는 것 아닌가요? 그런 자를 이렇게 무턱대고 데려온 거예요?"

"아니아니, 한 가지 분명히 해둘 게 있소. 그분을 문주의 허락을 받지 않고 데려온 것은 단지 그분이 강하기 때문이 아니오."

"그럼 무슨 이유죠?"

"그분을 내 의형으로 모셨기 때문이오. 의형께 내 정인을 소개하는데 꼭 그런 격식이 필요하오?"

"의형이라뇨? 갑자기 무슨……?"

"그는… 나와 같은 피를 가지고 있소."

우마가 낮은 목소리로 말했다.

"설마 신혈……?"

말을 하다 말고 여인이 손으로 입을 가렸다. 우마가 신혈족이라는 사실은 야문에서도 오직 그녀만이 알고 있는 일이다.

"그렇소. 더군다나 형님이 지닌 신혈의 힘은 나와 비교할 수 없을 만큼 강하오. 천력을 지닌 분이오. 내 생각에는… 아마도 신혈족의 우두머리가 될 자질을 지닌 분 같았소. 그래서 난 그 분께 내 삶을 걸어보기로 한 거요."

"그랬군요. 이해할 수 있어요. 하지만 너무 위험한 결정이기도 하군요."

야문의 문주가 어두운 안색으로 말했다.

"위험하단 건 아오. 하지만 언제까지 숨어 살 수는 없으니까."

"흑사회가 강호의 전면에 나서는 건가요?"

야문의 문주가 우려 섞인 표정으로 물었다. 흑사회나 야문이나 어둠 속에서 살아야 그나마 생존이 가능한 세력임을 그녀는 알고 있었다.

"우린… 새로운 문파를 세울 거요."

"새 문파요?"

"그렇소. 그러기 위해선 당신의 도움이 필요하오. 그래서 그 분이 오신 거요. 사실 이 일은 나 혼자 와도 되는 일이었소. 하지만 형님께선 굳이 문주를 직접 만나보길 원하셨소. 그것도 아마 두 가지 이유 때문일 거요. 하나는 내 체면을 보아서고, 두 번째는 야문에 대한 존중이라고 해둡시다."

우마의 말에 야문의 문주가 마치 처음 보는 사람을 보듯 우마를 바라봤다.

"왜 그러시오?"

"지금 내 앞에 있는 사람이 흑사회의 후계자이던 그 사람이 맞나 해서요.”

“아니면 누구겠소.”

“당신이 누군가를 이렇게 존중하는 것을 본 적이 없어서 이 상황이 잘 받아들여지지 않는군요. 당신은 마 노사조차도 이렇게 공경하지 않았잖아요?”

그녀가 말하는 마 노사란 마도충을 말하는 것이다.

“그건 다르오. 형님은 내게 정말 중요한 사람이오.”

“당신의 사부보다도 더요?”

“그렇소.”

“단지 같은 신혈족이라서요?”

“그건 아니오. 솔직히 찾아보면 세상에 신혈족은 꽤 있소. 내가 형님을 진심으로 따르는 이유는 오직 하나요.”

“뭐죠?”

“결국 형님이 우리에게 자유를 줄 것이라 믿기 때문이오.”

“자유라……. 과연 그게 가능할까요?”

야문의 문주가 되물었다.

“형님을 만나보시면 알 거요. 시간이 지체됐소. 형님을 뵈러 갑시다.”

우마가 야문의 문주를 재촉했다.

“좋아요. 나도 궁금하군요. 당신의 마음을 사로잡은 사람이 어떤 사람인지.”

야문의 문주가 우마 곁으로 다가서며 말했다. 그러자 우마가 다시 입을 열었다.

"당부하건대 부디 형님을 신중하게 대해주시오. 형님은 도검을 쓰는 것을 망설이지 않는 분이오."

"거칠다는 뜻인가요?"

"그렇소. 거칠고 오만하고… 한편으론 잔혹하기도 한 듯하오. 하지만 그렇다고 혈마나 살마는 아니오. 패웅의 면모를 지니셨달까."

"아무튼 좋아요. 가요."

야문의 문주가 먼저 방문으로 향했다. 그러자 우마가 급히 물었다.

"그런데 말이오, 이제 화는 풀린 거요? 듣자 하니 내게 제법 화가 났다고 하던데……."

"그 일은 나중에 다시 이야기해요."

야문 문주의 목소리가 다시금 싸늘해졌다.

적풍은 야문 문주가 만만찮은 여인이라고 생각했다. 그래서 슬그머니 욕심이 났다. 물론 여인으로서 욕심이 나는 것이 아니다. 그에겐 설루 이외의 여자에게 줄 마음이 없었다.

욕심나는 것은 그녀의 능력이었다.

야문의 문주는 적란이란 이름을 가지고 있었으나 보통은 나찰녀라는 별호로 불렸다. 그녀의 별호가 말해주듯 성정이 차갑고 손속은 단호했다.

아마도 그런 성정이 야문이라는 기이한 문파를 이끄는 힘의 원천일 것이다.

그러나 한 사람의 강호인으로서는 몰라도 한 사람의 여인으로서는 그리 마음에 드는 여인이 아니었다.

아름답기는 해도 그녀의 강한 기운이 그 아름다움을 압도했기 때문이다.

'이런 여자가 어디가 좋아서 아우는 마음을 주었을까?'

적풍이 내심 우마가 야문의 문주에게 마음을 준 이유를 궁금해하고 있을 때 그녀가 물었다.

"그래서 대협께서는 우리 야문에 원하는 것이 무엇인가요?"

"어둠의 장막에 가려진 하나의 성, 그리고 결국 세상을 지배할 세력의 일부가 되는 것이오."

그녀의 물음에 대한 적풍의 대답이다.

"결정하려면 시간이 필요한 일이군요."

"난 시간이 없소만……."

"삼 일은 괜찮겠죠?"

"물론 그 정도는 충분히 기다릴 수 있소."

"그럼 삼 일 후에 뵙죠."

적풍과의 짧은 만남 이후 야문의 문주는 장원을 떠났다.

우마조차도 그녀가 어디로 갔는지 알 수 없었다. 그리고 삼 일 후 그녀는 한 명의 노인을 데리고 다시 장원으로 돌아왔다.

제4장
야문의 스승

"검은 눈을 가졌다고?"

노인이 물었다.

"네."

나찰녀 적란이 대답했다.

두 사람은 어둠 속에서도 능숙하게 길을 걷고 있었다. 야문의 장원 뒤쪽으로는 작은 야산이 있었는데 그 야산을 넘으면 강이다.

적란은 삼 일간의 외출 후 돌아오는 길이다. 그런데 그녀가 택한 길이 이상했다.

배를 타고 돌아왔으면서 장원의 남쪽 정문으로 향하지 않고 장원 뒤쪽 야산 너머에서 배를 내려 도보로 산을 넘고 있었다.

더군다나 그녀와 동행하는 노인은 걸어서 산을 넘기에는 지나치게 늙어 보였다. 얼굴은 자세히 보이지 않았으나 키가 적란의 가슴에도 오지 않고 지팡이를 짚은 손은 앙상하게 말라 조금만 힘을 가해도 부러질 것만 같았다.

당연히 노인의 걸음은 빠르지 않았다. 노인은 이십여 장을 이동한 후에는 꼭 한참을 쉬었다가 다시 걸음을 옮겼다.

더 기이한 것은 너무 늙어서인지 노인이 여자인지 남자인지를 구분하기도 어렵다는 것이다.

"후후, 그에게서 살아남은 자들이 있긴 있군."

"무슨 말씀이세요?"

적란이 물었다.

"아니다. 알 것 없다. 그런데 그자의 기도가 어떻더냐?"

"강했습니다."

"강하다… 우마보다 더?"

"비교하기 어려울 정도였어요. 그를 대하는 순간 전 숨이 막히는 것 같았어요. 그래서 사부님을 뵈어야겠다고 생각했지요."

"그래, 잘 생각했다. 나도 그가 몹시 보고 싶구나."

노인이 어둠 속에서 희미하게 웃었다. 그러고는 다시 걸음을 멈추고 가늘고 긴 호흡을 하기 시작했다.

"힘드세요?"

"괜찮다."

노인이 대답했다. 그러자 적란이 걱정스런 표정으로 말했다.

"그러게 왜 고집을 피우세요. 장원에 와 계시라니까."

"후후, 걱정 말거라. 난 네가 걱정하는 것보다 훨씬 건강하니까. 그리고 아마도 훨씬 오래 살 거다. 어쩌면 너보다 더 오래 살 수도 있어."

"그간 영약이라도 찾아 드셨어요?"

평소 냉철하기 이를 데 없는 나찰녀 적란이 늙은 스승 앞에서는 어린애 같은 모습이다.

"영약을 먹은 것은 아니나 그와 진배없지."

"그게 무슨 말씀이세요?"

"우리 집안이 대대로 장수하는 집안이란 뜻이다."

"신혈에 관한 말씀이세요?"

"그렇지."

노인이 고개를 끄떡였다.

"이젠 대답해 주실 수 있지 않으세요?"

"뭘 말이냐?"

"스승님께서 진정으로 원하시는 것이오."

"음……."

"물론 강제하신 것은 아니지만 제가 우 대협에게 마음을 줘도 되느냐고 여쭈었을 때 전 스승님이 반대하실 거라고 생각했지요. 그런데 의외로 스승님은 그와의 관계를 허락하셨어요. 단지 그가 신혈의 피를 가졌다는 이유 하나로요."

"능력도 있지."

"그렇긴 하지만 그를 통해 뭔가를 하시려는 것 아니었나요?"

"일단은 말이다, 가서 우마가 형님으로 모신 자를 보자. 그를 만난 후 결정하겠다. 내가 하고자 하는 일을 네게 말해줄지 말지를."

"알겠어요."

적란이 순순히 대답했다.

그녀는 스승이 이 질문에 대해서만은 결코 양보가 없다는 것을 오랜 경험으로 알고 있었다.

노인이 먼저 걸음을 옮겼다.

적란은 다른 때와 다름없는 늙은 스승의 걸음에서 웬일인지 이상한 힘이 느껴지는 듯한 느낌을 받았다.

적풍은 약간 불쾌해지는 감정을 추스르며 물었다.

"그가 누구요?"

삼 일 만에 돌아온 야문의 문주 적란은 적풍에게 누군가를 만날 것을 요구했다. 적풍은 그런 적란의 태도가 마음에 들지 않았다. 야문과의 일은 야문의 문주인 나찰녀 적란과 결정하면 될 일, 이 일에 다른 사람을 개입시키고 싶지 않았다.

"제겐 아주 중요한 분이시죠."

적란이 적풍의 물음에 대답했다.

"문주 뒤에 다른 사람이 있었소?"

"그렇다고 할 수 있지요. 야문이란 조직을 현재의 위치에 있게 만드신 분이니까요."

"음, 전대 야문의 문주란 뜻이오?"

적풍의 물음에 적란이 고개를 저었다.

"그분이 야문의 문주인 적은 없었어요. 단지 역대 문주들의 조언자셨죠."

"조언자라… 애매한 말이구려."

"제 스승이시기도 해요."

적란이 말했다. 그리고 그 말을 듣는 순간 적풍은 이 만남을 피할 수 없다는 것을 깨달았다.

그녀의 스승이라면 아마도 실질적으로 야문을 움직이는 인물일 것이다. 그리고 그제야 이해가 갔다. 야문이라는 특별한 문파를 서른도 되지 않은 여인이 이끌어갈 수 있는 이유를.

"만납시다."

"지금 가실까요?"

적란의 말에 적풍이 고개를 끄떡이고는 자리를 털고 일어났다. 그러자 우마 등 다른 사람들도 적풍을 따라나서려는데 적란이 손을 들어 그들을 만류했다.

"소회주께서만 가시는 것으로 하겠어요."

"나도 말이오?"

우마가 물었다.

"이번에는 안 돼요."

"하지만……."

"됐어. 혼자 갔다 오지."

적풍의 우마의 말을 끊었다.

"위험할 수도 있습니다."

준갈이 말했다.

"그런 일은 없을 거예요."

적란이 고개를 저으며 말했다. 그러자 준갈이 차갑게 대답했다.

"우 형은 야문을 믿지만 난 그럴 수 없소."

준갈의 말에 이번에는 적풍이 준갈을 보며 말했다.

"위험할 일 없어."

"하지만……."

"날 못 믿나?"

"아닙니다. 어찌 주군을……. 알겠습니다. 다녀오십시오."

준갈이 고개를 숙여 보이며 뒤로 물러났다.

"갑시다."

적풍이 적란에게 말하고는 먼저 방문을 벗어났다.

"괜찮을까요?"

대발이 걱정스런 표정으로 준갈에게 물었다.

"찜찜하긴 하지만… 뭐, 주군의 무공이라면……."

"하긴 그렇죠. 누가 감히 주군을 해할 수 있겠습니까? 그랬다가는 외려 주군에게 야문이 멸문당하겠지요."

대발이 고개를 끄떡였다.

노인은 야문의 장원 가장 깊은 곳, 그곳에서도 땅을 파고 만든 석실에 앉아서 적풍이 들어오는 것을 바라보고 있었다.

지하임에도 불구하고 천장에 뚫린 우물 모양의 환기구를 통해 달빛이 들어왔다.

달빛 아래의 노인은 마치 괴물 같았다. 아니, 어쩌면 정말 괴물일지도 모른다는 생각이 들었다.

쿵!

등 뒤에서 석실 문이 닫혔다.

야문의 문주인 나찰녀 적란조차도 석실에는 들어오지 않았다.

"어서 오시오."

적풍은 상대가 생각보다 정중하다고 생각했다.

본래 이렇게 괴팍하게 늙은 노인들은 상대를 가리지 않고 하대를 하게 마련이다. 그런데 이 야문의 숨은 실력자는 어린 자신에게 제대로 예의를 차렸다.

'나쁘지 않지.'

제대로 된 거래가 성사되려면 기본적인 예의는 필요한 법이다.

"흑사회의 유괴라 하오. 야문의 숨은 기인을 뵙게 되어 영광이오."

"후후후, 숨은 기인이라……. 기인이랄 것은 없고, 괴인이라고 해야 맞을 거요."

노인이 실소를 흘렸다.

적풍은 웃는 노인을 유심히 살폈다. 얼굴은 백지장처럼 하얘서 핏기가 보이지 않고, 넓은 장삼 자락 밖으로 나온 손가락은 죽은 자의 것처럼 가늘다.

'생기가 없어.'

적풍은 마치 시체를 마주하고 있는 것 같은 느낌을 받았다.

"내 몰골이 이렇게 흉측하니 손님에게 실례가 아닌지 모르겠소."

"사람을 겉모습만으로 판단할 수는 없는 법 아니겠소?"

적풍이 대답했다.

"후후후, 그러나 사람들은 눈에 보이는 대로 믿는 법이라오. 그래서 이골마족이 평생을 도망 다니는 것 아니겠소?"

적풍이 이골마족이란 것을 야문의 문주가 알고 있으니 그녀의 스승인 이 괴노인이 알고 있는 것이 이상한 일은 아니다.

그럼에도 불구하고 적풍은 노인의 입에서 이골마족이란 말이 흘러나오는 순간 등골이 오싹해졌다. 마치 빠져나갈 수 없는 깊은 물속에 들어와 있는 느낌이다.

"강호 비사인 이골마족에 대해 아시나 보구려."

"아주 잘."

노인의 대답에 적풍은 자신이 야문과의 거래가 아닌 전혀 새로운 문제에 봉착해 있다는 것을 깨달았다.

'이 노인은 야문 이상이다.'

적풍의 본능이 말하고 있었다. 이 노인은 야문의 실력자 이상의 그 무엇이라고.

"의외구려. 그런데 이골마족에 대해 알고 있다면 혹 당신도 신혈족이오?"

적풍은 이골마족이란 말 대신 신혈족이란 말을 썼다.

사실 보통의 이골마족이라면 적풍이 즉시 알아봤을 것이다. 그러나 노인은 경우는 모호했다. 시체와 같이 죽은 기운이 노인의 정체를 정확하게 알 수 없게 만들었다.

"반쯤은……."

"반이라… 애매하군."

"검은 사자들과 같은 피를 가진 것은 아니나 아주 연관이 없는 혈통도 아니라는 말이오."

"여전히 모호하구려."

"흐흠. 뭐 그 이야기는 나중에 하고, 무림에 세력을 하나 만드시려 한다고?"

노인이 물었다.

"그렇소."

"그 일을 야문에서 도와줬으면 한다는 것이고?"

"그렇소."

"아주 큰 거래군."

노인이 고개를 끄떡이며 중얼거렸다. 그러다가 문득 생뚱한 말을 했다.

"검이 좋소."

노인의 눈이 적풍의 검에 닿아 있다. 그 순간 적풍은 노인의 눈에서 흘러나온 서릿발 같은 섬광을 목격했다. 그건 절대 죽음을 앞둔 자의 것이 아니었다.

'역시 본신의 힘을 숨기고 있는 건가?'

한층 경계심이 생긴다.

"그리 대단한 놈은 아니오."
적풍이 대답했다.
"아니지. 전마 적황의 검이 대단치 않다면 그 어떤 검이 대단하겠는가?"
적풍은 그 순간 망설임 없이 검을 뽑았다.
스릉!
오늘 이 석실에서 일어날 일은 단 두 가지뿐이다.
노인을 복종시키든 죽이든. 아니, 세 번째 일이 일어날 수도 있다. 적풍 자신이 죽을 수도 있었다. 전왕의 검, 사자검의 정체를 아는 자를 그대로 놓아둘 수는 없었다.
"거래는 쉽겠군."
적풍이 무심하게 중얼거렸다.
"닮았어. 그 과단함이."
노인이 아련하게 눈을 뜨고 적풍을 응시했다.
"전마를 아는군."
적풍의 말투가 변했다. 마치 아랫사람을 대하는 듯한 말투다.
"알지."
노인의 말투도 변했다. 친구를 대하는 것 같은 말투다.
"날 왜 불렀지?"
적풍이 다시 물었다. 물론 사자검은 그의 손에 들린 채 서서히 영롱한 빛으로 변해가고 있었다.
노인은 변해가는 사자검을 멍한 시선으로 바라봤다. 마치 그의 혼이 빠져나간 것 같은 모습이다.

탁탁!

적풍이 사자검으로 그와 노인 사이에 있는 석탁을 쳤다. 노인이 잠에서 깨듯 사자검에서 시선을 떼고 적풍을 바라봤다.

"왜 날 불렀냐고 물었는데?"

적풍이 다시 물었다.

그러자 노인이 볼을 씰룩이더니 대답 없이 손으로 이마를 짚었다. 그러고는 나직하게 중얼거렸다.

"젠장, 이 일을 어쩐다?"

뭔가 큰 고민에 빠진 듯한 모습이다.

"노인장, 제대로 대답해야 할 거야."

적풍이 검을 들어 노인을 겨눴다. 그러자 노인이 결심을 한 듯 입을 열었다.

"지난 일을 되풀이할 수는 없지. 누가 머리 위에 있을지는 겨뤄보고 결정하자고. 그때 전마에게 반해 너무 쉽게 윗자리를 허락하는 통에 그 지랄 같은 일이 벌어졌으니까. 애송이, 나와 겨뤄봐야겠다."

"복종이 아니면 죽을 거야."

적풍이 말했다.

"글쎄, 겨뤄서 이긴 놈이 머리 위에 서는 거지."

"나쁠 것 없지. 그런데 그 몸으로 날 상대할 수 있겠어?"

적풍이 자리에서 일어나며 물었다.

그러자 노인이 희미한 웃음을 흘리며 대답했다.

"조심해. 난 전혀 다른 힘을 쓰니까."

쐐액!

한순간 적풍의 등 뒤에서 매서운 파공음이 일어났다.

적풍이 재빨리 신형을 틀며 사자검을 들어 자신을 향해 날아오는 물체를 내려쳤다.

콰!

주먹만 한 돌덩어리가 사자검에 막혀 산산조각 났다.

'없어?'

돌덩이를 박살 낸 적풍은 내심 당혹했다. 등 뒤에서 그에게 돌덩이를 던진 자가 보이지 않는 것이다.

그런데 그 순간, 이번에는 그의 좌측에서 채찍 하나가 뱀처럼 조용히 파고들었다.

삭!

너무도 은밀히 접근해서 적풍은 채찍이 그의 손목을 감으려는 순간에야 그 존재를 알아챘다.

사자검이 적풍의 손에서 빠르게 한 바퀴 회전했다. 적풍의 손을 감으려던 채찍이 사자검에 의해 중간에서 잘려 나갔다.

그러자 놀랍게도 남은 채찍이 허공에서 그대로 사라졌다. 순간 적풍은 허공으로 떠올라 노인으로부터 멀어졌다.

그는 재빨리 벽을 등에 지고 노인과 마주 섰다. 기이한 사술을 쓰는 노인의 공격을 막아내기 위해선 뒤를 내주지 않는 것이 중요했다.

"사술을 쓰는군."

적풍이 검을 들어 노인을 겨누며 말했다.

"사술? 이게 사술로 보이나?"

노인이 희미한 웃음을 흘리며 자리에서 일어났다. 그러고 보니 노인은 지금껏 앉은 채로 적풍을 상대하고 있었다.

내공에 의한 공격이었다면 정말 놀라운 공력이 아닐 수 없었다.

적풍의 가슴 한쪽이 서늘해졌다. 그건 두려움이었다. 실로 얼마 만에 느껴보는 두려움인가. 의천노공을 상대한 이후 적풍은 세상의 그 누구에게도 두려움을 느끼지 않았다.

하지만 이 노인, 야문의 숨은 실력자라는 이 노인에게서 적풍은 두려움을 느끼고 있었다.

그런데 그 사실을 깨닫는 순간 갑자기 적풍의 가슴 깊은 곳에서 뜨거운 열기가 솟구쳤다. 그러고는 화염이 종이를 태우듯 한순간에 그의 마음속에 생겨난 두려움을 태워 버렸다.

스스로도 놀랄 수밖에 없는 전의가 용암처럼 솟구쳤다. 이 기이한 전의가 그의 눈을 통해 검은 기운으로 변해 흘러나오기 시작했다.

사자검이 투명하게 변했다. 전신의 힘이 사자검에 몰리기 시작했다. 어느새 적풍은 다시 세상에 두려움이 없는 존재로 변했다.

"인정하지, 늙은이. 재주가 좋아. 다시 한 번 부려봐. 그 재주."

적풍이 노인을 보며 사자검을 까딱였다.

그러자 이번에는 노인의 깊은 눈 속에 언뜻 두려움의 빛이 보였다.

그때 적풍의 모습은 그 스스로는 알지 못했으나 야차나 신장같이 강렬했다. 두 눈에서 뿜어져 나오는 검은 기운은 석실을 온통 암흑으로 물들였고, 그 어둠 속에서 탈골되듯이 일어난 익골은 그를 본래의 모습보다 훨씬 큰 존재로 보이게 만들었다.

노인이 두 손을 앞으로 내밀었다. 그러자 그의 손이 어둠 속에서도 투명한 빛을 냈다. 마치 달빛이 그의 손에 드리운 것 같다.

그 빛이 점점 석실의 어둠을 침범해 가더니 급기야는 가는 그물처럼 퍼져 석실의 물건들을 허공으로 떠오르게 만들었다.

그 순간만큼은 석실에 있는 모든 것이 노인의 의지대로 움직이는 것처럼 보였다.

"막아보아라!"

노인의 입에서 나직한 외침이 터져 나왔다. 동시에 그가 허공에 떠올린 물건들이 적풍을 향해 날아들었다. 그중에는 적풍과 그 사이에 있던 석탁까지 있다.

적풍은 세상의 모든 기운이 자신을 향해 몰아닥치는 것 같은 압력을 느꼈다.

도대체 이게 무슨 무공인지 알 수가 없었다. 어떻게 석실 안의 모든 사물이 노인의 손짓에 따라 움직일 수 있단 말인가. 이건 천하제일인이라 자처하는 고수가 와도 해낼 수 없는 일이다.

그러나 이 해괴한 공격을 받으며 적풍의 전의는 오히려 점점 강렬해졌다.

사자검이 부들부들 떨렸다. 검신은 이미 더 이상 도달할 수 없는 검고 투명한 빛으로 변해 있었다.

적풍은 모든 힘을 사자검에 밀어 넣었다. 그러자 한순간 그와 사자검이 한 몸이 된 것 같은 착각이 들었다. 마치 그 자신이 온전히 사자검에 들어간 듯한 느낌이다.

그리고 그 순간 적풍은 자신을 향해 다가오는 모든 것을 깨뜨려 버릴 수 있다는 자신감이 들었다.

그 자신감이 본래 자신의 마음인지 사자검에 의한 것인지조차 분간할 수 없는 지경이지만 어쨌든 자신감으로 가득 찬 사자검이 맹렬하게 앞으로 떨어져 내렸다.

쩌적!

석벽이 갈리는 소리가 터져 나왔다. 그와 동시에 모든 사물이 정지한 듯한 시간이 찾아왔다.

움직이는 것은 오직 하나, 사자검에서 흘러나온 투명한 검은 빛줄기였다.

그 빛줄기들이 지그재그로 움직이며 정지된 공간을 파괴했다. 그리고 급기야는 그 검은빛이 노인의 전면에 이르렀을 때 갑자기 모든 것이 소멸하는 듯한 굉음이 터져 나왔다.

콰릉!

그 한 번의 굉음 이후 모든 것이 제대로 움직이기 시작했다. 허공에 떠올라 있던 석실의 물건들이 본래 있던 바닥으로 떨어졌고, 공기가 흐르기 시작하며 달빛이 다시 석실을 비추기 시작했다.

"죽어야겠다!"

적풍은 사자검에서 흘러나간 검은 기운에 밀려 석벽에 처박힌 노인을 향해 마지막 일검을 가했다.

노인에게선 더 이상 어떤 반항의 기운도 느껴지지 않았다. 어쩌면 이미 목숨이 끊어졌는지도 몰랐다. 그럼에도 적풍은 노인의 목을 자를 생각이다.

그런데 그 순간 다시 적풍이 예상치 못한 일이 벌어졌다. 석벽에 구겨져 있던 노인이 갑가지 앞으로 쓰러지듯 엎드리며 적풍을 향해 큰 소리로 외쳤다.

"노복이 삼가 주인을 뵙습니다!"

그 한마디 외침에 사자검은 빛을 잃었고, 적풍의 전의가 사라지며 노인은 목숨을 구했다.

적풍이 허무한 표정으로 검을 늘어뜨린 채 노인을 바라봤다. 그러고는 한참 후에 중얼거리듯 물었다.

"왜지?"

"사자검의 주인은 곧 이 늙은이의 주인이십니다."

"정말 전마 적황을 따랐었군."

"한때 가장 충실한 종복이었지요. 결국 떠나기는 했지만."

노인이 대답했다.

"검은 사자였나?"

"전마를 위해 그들을 만들었지요."

죽을 것 같던 노인의 입가에 희미한 미소가 드리워져 있다.

순간 적풍은 소름이 끼쳤다. 검은 사자들을 만든 자라니. 욕심은 나지만 위험한 늙은이란 생각이 들었다.

하지만 지금 당장은 가장 필요한 자일 수도 있었다. 이런 자를 찾고 있었다. 우마는 야문의 문주 나찰녀 적란이 그런 사람이라고 소개했지만 사실 적란은 적풍의 기대에 미치지 못했다.

그런데 이 늙은이는 완벽하게 적풍이 기대한 그런 인물이란 생각이 들었다.

"왜 그를 떠났지?"

어쩌면 가장 중요한 질문이다. 왜 이자는 아버지 전마 적황을 떠났는가? 그 이유 여하에 따라 거둘지 죽일지 결정할 것이다.

"사실 제가 떠난 것은 아니지요."

노인이 여전히 비굴하게 무릎을 꿇고 대답했다.

"하면?"

"쫓겨난 것이지요."

"이유는?"

"제가 전마께서 신뢰하는 자를 죽이려 했기 때문입니다."

"누굴?"

"의천노공 우서한! 그 간교한 자 말입니다. 결국 제 생각이 옳았지요. 그자에 의해 전마께서 죽었으니."

"…왜 그를 죽이려 했지?"

"본래 월문의 종자들은 믿을 게 못 되기 때문이지요."

그 순간만큼은 스스로 굴종을 선택한 자답지 않게 두 눈에서 차가운 살기가 번쩍이는 노인이다.

"월문을 알아?"

"흐흐흐, 불구대천의 친구랄까?"

"원수면 원수고 친구면 친구지 불구대천의 친구는 또 뭔가?"

"아주 오래전 제 선조께서 그들 선조와의 우정을 위해 필생의 심력을 소비하며 한 가지 일을 해주었지요. 그런데 그자들은 그분을 배신하고 죽였습니다. 그러니 어찌 그런 자들을 신뢰할 수 있겠습니까?"

"선조? 선조가 누군데?"

월문 이야기가 나오자 적풍은 새로운 호기심이 생겨났다.

그는 알고 있었다. 월하선봉에서 의천노공 우서한이 그에게 한 말이 진실이 아닐 수도 있다는 것을, 그리고 사실 그가 알아야 할 것의 삼 할도 말해주지 않았다는 것을. 그러니 다른 사람의 입을 통해 월문에 대해 들을 수 있는 기회가 소중하지 않을 수 없었다.

"세상은 그분을 천기자라 불렀지요."

"천기자!"

적풍이 놀란 목소리로 뇌까렸다. 그러자 노인의 표정이 살짝 변했다.

"들어보셨군요."

"음."

적풍이 고개를 끄떡였다.

"어디서 들으셨습니까?"

노인이 다시 물었다.

"그에게서."

"예?"

"의천노공 우서한 말이야."

"그를 만났군요?"

노인이 상체를 세웠다. 그렇다고 꿇은 무릎까지 편 것은 아니다.

"내가 찾아갔지."

"왜……?"

"이골마족이 왜 사냥을 당하는지 알고 싶어서."

"그래서 어떻게 됐습니까?"

"자신은 상관없는 일이라고 하더군. 사형이란 자가 만든 일이라던가?"

"흐흐흐, 간교한 늙은이."

"거짓말 같지는 않던데?"

"물론 그렇지요. 하지만 그가 막을 생각이 있었다면 막을 수 있는 일이었습니다. 아마 그자도 이골마족이 세상에서 없어지기를 바라고 있었을 겁니다. 그러니 독한 사형인 묵안노가 하는 짓을 그냥 두고 본 것이지요. 제 손에 피는 묻히기 싫어서."

노인의 얼굴에 증오가 가득하다.

'이 늙은이는 정말 우서한을 싫어하는군.'

다른 사람들의 미움과는 다르다는 생각도 들었다. 과거 월문과 천기자의 일 말고 뭔가 자신이 알지 못하는 일이 그들 사이에 존재했음을 짐작할 수 있었다.

"몇 살이오?"

적풍의 말투가 변했다. 싸움은 끝났다. 이젠 이자를 얻을 때라고 생각한 적풍이다.

"…올해로 구십입니다."

"많군."

"끌끌, 그렇게 많은 것도 아니지요."

"신혈족이라서?"

"그런 이유도 있고……."

노인이 말꼬리를 흐렸다. 그러자 적풍이 못마땅한 표정을 지으며 말했다.

"나와 함께하려면 그런 모호한 대답은 하지 않는 게 좋을 거요. 난 음흉한 건 질색이야."

"알겠습니다."

노인이 얼른 고개를 숙여 보였다.

"일어나시오. 늙은 뼈가 굳을까 걱정이오."

"아이고, 감사합니다, 주인님! 사실 그렇잖아도 다리가 서서히 굳어가던 참이었지요."

노인이 쾌재를 부르며 꿇고 있던 무릎을 폈다.

"앉으시오."

주객이 전도된 상황이다. 적풍이 노인에게 자리에 앉기를 권했다. 그러자 노인이 싸우는 와중에 멀리 밀려난 의자와 석탁을 향해 가볍게 손짓했다.

그러자 거짓말처럼 석탁과 의자가 본래 있던 곳으로 미끄러지듯 이동했다.

적풍의 눈에 다시금 감탄과 경계의 빛이 보였다.

이것이 공력으로 한 일이라면 정말 믿을 수 없는 일이다. 자신과의 싸움에서 허비한 공력을 이미 회복했다는 의미가 되기 때문이다.

"주인님께서 먼저 앉으시지요."

적풍의 경계심을 아는지 모르는지 노인은 적풍이 먼저 앉기를 기다렸다.

적풍과 노인은 다시 석탁을 사이에 두고 마주 앉았다. 적풍은 자신을 바라보는 노인의 눈에 생기가 돌고 있다고 느꼈다. 처음 그를 보았을 때는 보이지 않던 기운이다.

'이자가 날 이용하고 싶은 모양이군.'

적풍이 실소를 흘렸다.

주인님이라고 부르며 비굴한 모습을 보이고는 있지만 이자는 적풍을 통해 하고 싶은 일이 있는 것이 분명했다.

"먼저 그대에 대해 말해보시오."

적풍이 노인이 입을 열기 전에 말했다. 노인은 갑작스런 적풍의 말에 잠깐 움찔하더니 결국 입을 열기 시작했다.

노인은 자신의 이름을 고력(高力)이라고 했다. 스스로 그 옛날 무림의 전설적인 현인 천기자 고광의 후손임을 자랑스레 밝힌 노인은 적풍이 모르는 시간과 사건에 대해 거의 한 시진 동안 떠들어댔다.

그의 말이 얼마나 진실인지는 알 수 없었다.

그러나 적어도 그가 전마 적황의 충복이었다는 것은 사실인 듯싶었다.

또한 천하의 이골마족 중 자질이 뛰어난 자들을 끌어모아 그들을 검은 사자로 조련하도록 전마를 움직인 것 역시 그였다는 것도 믿을 만했다.

적풍 자신의 성정으로 보아 그 아버지 적황도 제자를 들이거나 누군가에게 무공을 가르치는 일 따위에는 애초에는 관심도 재주도 없을 것 같기 때문이다.

"세상은 검은 사자들의 시간이 삼 년이라고 알고 있지만 사실 저와 전마께선 검은 사자들을 세상에 데리고 나오기 위해 칠 년을 기다렸지요. 전마께선 힘을 회복하셔야 했고 또 검은 사자들을 길러내야 했으니까요."

"어떻게 만났소?"

적풍이 갑자기 물었다.

그 질문이 고력의 허를 찌른 모양이다.

"예?"

"전마 말이오. 처음부터 그의 종복은 아니었을 것 아니오?"

"그건… 그분이 절 찾아오셨지요."

"그게 언제였소?"

"검은 사자들의 시간이 시작되기 칠 년 전이지요."

"오래된 관계는 아니었구려."

"사람과 사람의 관계가 어디 시간의 장단으로 결정되나요. 처음 전마께서 절 찾아왔을 때 우린 함께 같은 꿈을 가지고 있었습니다. 신인의 피를 지닌 자들이 지배하는 세상에 대한 꿈 말입니다."

그 말을 할 때 고력의 눈빛이 다시 한 번 희망으로 불타올랐다. 그 시선 끝에 적풍이 있다. 아마도 전마를 처음 보았을 때 고력은 지금처럼 야망에 불타올랐을 것이다.

"정말 그때 전마도 같은 생각이었을 거라 생각하오?"

적풍이 물었다.

순간 고력의 표정이 일그러졌다. 부인할 수 없는 사실이 그를 의기소침하게 만들고 또 분노하게 만들었다.

"그자를 만나기 전까지는 그랬을 겁니다."

"우서한?"

"그렇습니다. 그자를 만나고 나서 전마께서 변하셨지요. 다른 무엇인가에 몰두하시는 것 같았는데 그게 뭔지는 모르겠습니다."

'이제 보니 이자는 천기자와 밀교의 문을 모르고 있군.'

적풍으로서는 의외였다.

검은 사자들을 탄생시킨 장본인이라고 말하는 자가 전마 적황이 애초부터 월문이 지키고 있는 그 비밀스런 문을 열려고 한 사실을 모르고 있는 것이다.

그렇다면 애초에 전마는 이자를 신뢰하지 않은 것이 분명했다.

'생각보다 영악하셨군. 이자의 야망을 이용했어. 세상에 대한……'

적풍이 실소를 흘렸다.

전마라 불린 아버지 적황에게는 어울리지 않는 술책이다.

"그런데 단지 오래 전 천기자를 배신했다는 이유로 의천노공을 불신하고 그를 죽이려 한 거요? 그때의 월문주가 의천노공은 아니지 않소? 의천노공은 정의로운 인물 아니오. 설마 수백 년 늦은 복수를 하려 한 것은 아닐 텐데?"

"흐흐흐, 그건 모르시는 말입니다. 난 그자의 검은 속내를 알아냈지요. 그자는 처음부터 전마님을 죽일 생각을 하고 있었습니다. 어느 날 난 그의 품속에 월문의 전설적인 화살 파마시가 숨겨져 있다는 걸 알아냈지요. 파마시를 품고 있다는 것은 결국 전마님을 죽일 생각을 하고 있다는 증거지요. 그리고 결국 그렇게 되었고 말입니다."

고력이 살기를 흘리며 말했다.

"그 말을 전마에게 했소?"

"했지요. 그런데 전마께선 생각이 다르시더군요."

고력이 고개를 저으며 말했다.

"어떻게 말이오?"

"신병(神兵)을 품고 있다고 해서 자신을 해할 거라 의심하는 것은 형제에 대한 도리가 아니라고 하더군요. 그런 분이셨는데… 우서한 그자는 그 믿음을……"

"그래서 그를 죽이려 한 것이구려."

"그렇습니다. 그러나 실패했지요. 결국 전마께선 절 내치셨지요. 그런데 전마님을 떠난 나를 그자의 추종자들, 그러니까 월문 외족이란 자들이 기습했습니다."

"그렇게까지……?"

"독한 자지요, 우서한은. 어쨌거나 그자들은 지금도 내가 죽은 줄 알고 있을 겁니다."

고력을 말을 듣는 순간 그에 대한 의심은 거의 사라졌다. 그가 어둠 속에 머물며 다른 사람을 앞세워 야문을 지배한 이유도, 그 때문에 여전히 그가 세상에 나설 수 없음도 그 순간 알 수 있었다.

"나와 함께 십자성으로 갈 수는 없겠구려."

적풍이 확인하듯 말했다.

"언제나 어둠 속에 있어야 할 운명이지요. 그래서 야문의 수뇌들은 절 어둠의 스승이라고 부릅니다. 그 운명은 여전히 이어져야 할 것 같습니다. 적어도 그를 상대할 힘을 가질 때까지는 말이지요. 주인님께서 언젠가는 그 힘을 만들어주시겠지요?"

고력이 물었다.

"그럴 생각이긴 하지만 난 지금 당장 도움이 필요한데……."

"란이 있지 않습니까?"

"부족하오."

"욕심이 많으시군요."

"지왕종문과 북두회에 대한 이야기는 들었소?"

"아주 잘된 일이지요. 혼란은 기회를 뜻하니까요."

"그들과 맞서는 세력을 키우라고 하더군."

"누가 말입니까?"

고력이 놀란 표정으로 물었다. 적풍의 뒤에 누군가가 있다는 것을 예상치 못한 모양이다.

"의천노공이."

순간 고력의 얼굴에 절망이 떠올랐다.

"서, 설마 그, 그를 따르고 있었던 겁니까?"

"그건 아니고 거래를 했소. 그에게 삼 년을 갇혀 있었소. 아마 내가 위험하다고 생각했던 모양이오. 그러다 어느 날 제안을 하더구려. 세상으로 나가 북두회와 지왕종문에 맞설 세력을 키워내라고 말이오. 무림을 삼분해 균형을 유지하고 싶은 모양이오."

"그래서 승낙하셨군요?"

"그렇소. 거부할 이유가 없지. 그 덕에 난 자유의 몸이 되었으니 말이오."

"그의 말대로 하실 겁니까?"

고력이 물었다. 질문 끝에 침을 꿀꺽 삼키는 고력이다.

"거기서 조금 더 나갈 생각이오."

"……?"

"삼분이 아니라 전부를 가져 보려고 하오."

적풍의 대답에 고력이 갑자기 호탕한 웃음을 터뜨렸다.

"핫하하! 과연 전왕의 검의 주인다우십니다. 그래야죠. 하하하!"

"대신 준비를 해야 하오. 그가 날 세상에 내보내 준 이유는 언제든 날 죽일 수 있다고 생각하기 때문일 거요."

"아마도 그럴 겁니다. 그는 사실 우리 신혈족의 천적이나 다름없지요."

"그러니 그에 대해 대비해야 하오."

"후후, 당연한 일이지요. 그런데 마침 우서한 그자는 큰 실수를 했군요."

"무슨 실수 말이오?"

"내가 살아 있다는 것을 모르는 것, 그리고 제가 주인님을 만났다는 것을 모르는 것이지요. 그가 모르는 이 사실이 바로 그를 나락으로 몰아넣을 겁니다."

고력이 웃었다.

적풍도 희미한 미소를 지었다.

야문의 수뇌들에게 어둠의 스승으로 불리는 고력을 얻은 것은 자신이 우서한과 맞설 수 있는 기회를 잡았음을 뜻하는 것일 수도 있기 때문이다.

제5장
미류진(迷流陣)

자칭 야문의 어둠의 스승이라는 고력의 말에 따르면 아버지 전마 적황은 어느 날 열다섯 명의 수하를 데리고 그를 찾아왔다고 한다.

그러고는 고력이 경험해 보지 못한 힘과 기운으로 고력을 굴복시켰다. 연후 적황은 고력에게 신혈족 중 자질이 뛰어난 자를 모으라고 명을 내렸다.

그리고 그와 그의 수하들을 치료하고 은밀하게 끌어모은 신혈족들의 타고난 신력을 최대한 끌어낼 방법을 찾으라고 했다.

놀랍게도 고력을 굴복시킨 적황의 힘은 그의 본래 능력의 삼할도 못 되었던 것이다.

전마와 수하들은 무슨 이유에선지 적지 않은 부상을 입고 있었는데, 모두 혈맥이 막히거나 팔다리가 잘린 크고 작은 부상을 안고 있었다.

고력은 그런 적황을 한 가문으로 이끌었다.

천하에서 가장 신비롭고 기괴하며 죽은 자도 살린다는 의가(醫家) 천의비문이었다.

천의비문의 도움으로 적황은 자신의 힘을 온전히 회복하고 검은 사자들을 탄생시켰다. 그리고 검은 사자들의 시간이 시작되었던 것이다.

"그러니 만약 주인님께서 신혈족을 모으고 다시 천의비문의 도움을 받을 수만 있다면 아마도 검은 사자들을 다시 만들어 낼 수 있을 겁니다. 물론 당시 전마께서 불러 모은 검은 사자들이 사라지는 바람에 제대로 신혈의 힘을 쓰는 자들은 씨가 말랐지만 이미 오래된 일이라 그간 새로운 자들이 성장했을 수도 있습니다."

고력은 적풍에게 다시금 검은 사자들을 만들어낼 것을 제안했다. 물론 전마의 시대처럼 많은 숫자를 만들 수는 없으나 수십 명만 길러내도 적풍에게 큰 힘이 될 것이라고 말했다.

어쩌면 적풍에게 최선의 방책일지도 모른다. 그러나 적풍은 고력의 계획이 가지고 있는 위험성도 알고 있었다.

신혈족만으로 만든 세력은 결코 영원할 수 없다는 것이다. 왜냐하면 이 세상에서 신혈의 피를 지닌 사람은 한 줌도 되지 않기 때문이다.

아무리 타고난 자질이 뛰어나다 한들 겨우 몇몇이 세상을 가질 수는 없다.

처음에는 두려움에 머리를 조아린다 해도 결국에는 자신들과 다른 존재를 용납하지 않는 것이 인간의 본성이지 않은가.

"그러니 그들 중에 섞여야 해. 그 안에서 그들을 굴복시켜야지."

적풍이 걸음을 옮기며 중얼거렸다.

고력은 밀실을 벗어나는 것조차 두려워했다. 그래서 고력과 헤어진 적풍은 혼자 준갈 등이 기다리고 있는 곳으로 돌아가고 있었다.

"신혈의 피를 지닌 자가 특별하지 않은 세력이어야 해. 그래야 버틸 수 있다. 세상 사람 전부를 죽일 수는 없지 않은가."

적풍이 걸음을 멈추고 밤하늘을 올려다봤다. 달빛이 괜히 서글프게 느껴졌다.

신혈의 피가 축복이라는 자도 있고 저주라는 자도 있는데, 적풍의 입장에서는 적어도 지금은 저주에 가까웠다.

"그나저나 그자를 믿을 수는 있는 걸까?"

문득 고력에 대한 의심이 생겼다. 지금까지 그가 한 모든 말은 그의 입에서 나온 것이다.

그의 과거 행적을 증명해 줄 누군가도 없다. 혹 의천노공이라면 알까? 그러나 안 될 말이다. 우서한에게는 고력의 존재를 철저히 숨겨야 한다. 고력이 그를 상대할 비장의 비책이 되려면.

"제길, 그렇다면 결국 한 곳인데……."

고력의 말을 증명해 줄 한 곳이 남아 있다. 바로 천의비문이다.

"외가라……. 날 만나면 죽이려 할 거라 했지?"

어머니 유하는 천의비문의 문주 유천궁의 동생이다. 그 고귀한 신분의 여인이 전마를 만나 사랑을 하고 아이를 낳고 천의비문에서 버려졌다. 그런 곳도 외가일 수 있을까.

'천의비문은 자신들이 한 일이 어떤 결과를 가져올지 몰랐지요. 그들은 단지 의술을 연마하는 자들의 호기심으로 전마와 검은 사자들을 도운 겁니다. 천의비문은 검은 사자들의 시간이 시작된 이후에야 자신들이 엄청난 괴물들을 만들어냈다는 것을 알았지요. 이후에는 철저하게 세상을 피해 살았습니다. 암중으로는 신혈족을 주살하는 데 절대적으로 도움을 주었다고도 하는데……. 왜냐하면 그들만큼 신혈족의 특성에 대해 아는 자는 없으니까요. 하지만 뭐 확인된 사실은 아닙니다. 물론 그렇게 하지 않았다면 천의비문이 멸문했을 것 같긴 하지만. 지켜줄 전마도 없고. 그래서 다시 그들의 도움을 받는 것은 어려울지도 모릅니다.'

고력이 이골마족을 모아 검은 사자들을 부활시키라고 조언하며 한 말이다.

"힘으로?"

적풍이 한쪽으로 목을 꺾으며 중얼거렸다. 그의 목에서 뼈가 틀어지는 소리가 났다.

"방법이 그것밖에 없다면야……."

적풍이 시선을 내렸다. 그러자 달빛 아래 펼쳐진 세상이 보인다. 적풍이 손을 들어 달빛 아래 놓인 세상을 손 위에 올려놨다.

"한순간 먼지처럼 사라질지라도……."

적풍이 세상을 움켜쥐었다.

야문의 문주 나찰녀 적란의 태도가 하룻밤 새 완전히 변했다. 그녀는 마치 오랫동안 적풍을 따르던 사람처럼 행동했다.

사람들은 그녀의 변화를 의아하게 생각했지만 그녀는 사람들의 시선 따위는 신경 쓰지 않았다.

일행이 묵는 숙소도 변했다.

접객청에 여장을 풀었던 일행은 장원 깊숙한 후원에 자리 잡은 아담한 별채로 거처를 옮겼다.

야문의 문도들도 적풍 일행을 무척 조심스럽게 대했다. 처음 그들이 방문했을 때 보인 적의는 찾아보기 힘들었다.

적풍이 고력을 만나고 온 이후 일어난 변화의 진정한 의미는 오직 적풍만이 알고 있었다.

촥!

적란이 서탁 위에 길게 한 장의 지도를 펼쳤다. 사람들의 시선이 일제히 지도로 향했다.

"이건 십자성 인근의 지도군요."

눈치가 빠른 율사가 금세 지도가 어딜 가리키는지 알아챘다.

"맞아요."

"흠, 이 지도는 왜?"

우마가 적란에게 물었다.

"소회주께 십자성을 절대마지로 만들 계획을 설명드리려고요."

적란의 대답에 무심하던 적풍의 눈빛이 변했다.

"계획이 나왔소?"

적풍이 물었다.

"그렇습니다. 사부께서 삼 일 동안 고민해 만든 계획입니다."

"들어봅시다."

적풍이 적란의 말을 재촉했다.

그러자 적란이 품속에서 잠자리 날개 같은 비단을 꺼내 펼쳐 놓은 지도 위에 겹치듯 내려놓았다.

그러자 기이한 일이 벌어졌다. 비단 아래 놓인 지도가 마치 밑에서 누군가 밀어내듯 불쑥불쑥 솟아오르는 듯한 움직임을 보인 것이다.

"어? 이게 대체 무슨 조화지?"

대발이 눈을 크게 뜨며 중얼거렸다.

"이게 뭐요?"

우마가 적란을 보며 물었다.

"이건 미류진이라는 거예요."

"미류진?"

"사부께서 말씀하시길 아주 오래전 사부의 선조께서 만드신 절진 중 하나라고 하는데, 그걸 십자성 인근의 지형에 맞게 변형시키셨다고 하더군요. 이렇게 말씀드리면 아실 거라고 하셨는데?"

적란이 적풍에게 물었다.

'천기자의 유산인 모양이군.'

적풍은 이 기묘한 절진이 어디에 뿌리를 두고 있는지 금세 알아챘다. 고력 스스로 천기자의 후손이라고 했으니 당연히 천기자로부터 물려받은 절진일 터였다.

"진의 유래가 무슨 상관있겠소. 효과가 좋으면 그만이지."

적풍이 대답했다.

그러자 적란의 얼굴에 아쉬움이 스치고 지나갔다. 아마도 그녀조차도 고력의 선조가 천기자라는 사실을 모르고 있는 모양이었다. 그래서 적풍의 입을 통해 짐작할 수 있지 않을까 기대한 듯싶었다.

'아주 음흉한 늙은이가 아닌가?'

적풍이 씁쓸한 웃음을 흘렸다.

제자에게조차 내력을 숨기는 고력의 그 철두철미함이 그리 마음에 들지는 않았다. 하지만 어쨌든 고력이 내놓은 이 미류진은 그가 원하던 바로 그것이라고 할 수 있었다.

"지도가 움직이는 것처럼 보이는 것은 환각이에요. 십자성 주변에 이 진을 설치하면 십자성은 지금과 전혀 다른 모습으로 변할 거예요. 생로를 아는 사람이 아니라면 절대 근접할 수 없는 불침의 땅이 되는 거죠."

적란이 말했다.

"얼마나 걸릴 것 같소?"

적풍이 물었다.

"사람들의 시선을 신경 쓰지 않는다면 한 달, 이목을 피해야 한다면 서너 달도 부족할 거예요."

적란이 대답했다.

"꽤 걸리겠군요. 당연히 세상의 이목을 피해야 할 테니."

율사가 중얼거렸다.

"아니. 한 달 안에 끝낸다."

적풍의 말에 모든 사람이 놀란 표정으로 적풍을 바라봤다.

"사람들의 눈을 피하자면 한 달 안에는 도저히 할 수 없어요. 아무리 일정을 서둘러도."

"숨길 필요 없소."

"예?"

"굳이 세상에 우리가 하는 일을 숨길 필요가 없단 말이오."

적풍이 대답했다.

"하지만 주군, 이 일이 세상에 알려지면 당장 오대세가에서 가만있지 않을 것입니다."

율사가 말했다. 그러자 적풍이 물었다.

"그들이 한 달 안에 대규모의 고수를 몰아 공격해 올까? 아니지. 우리가 일을 시작한 것을 알아채려면 십여 일은 걸릴 테니 진을 완성하기 전 그들이 우릴 공격하려면 보름 정도의 시간밖에 없을 거야. 그 안에 그들이 전력을 끌어모아 우릴 공격할 수 있을 것 같은가?"

적풍이 물었다. 그러자 율사가 잠시 생각에 잠겼다가 대답했다.

"그들 사정이야 정확히 알 수는 없지만 그건 쉽지 않을 것 같습니다. 몇몇 고수를 다시 보내는 것은 몰라도 지왕종문을 상대하고 있는 상황에서야……. 절강은 생각보다 외지지요."

"그래서 하는 말이야. 진이 완성되기 전에 공격할 수 없다면 이 일은 세상에 알려져도 된다. 진이 완성되면 어차피 소문이 날 일이니까. 그 이후에 그들이 공격해 온다면 그때는 이 진의 힘을 확인해 볼 수 있겠지. 물론 역시 지왕종문 때문에 쉽지는 않겠지만."

적풍이 오랜만에 미소를 머금었다.

"하지만 그리되면 그들의 견제가 본격적으로 시작될 겁니다."

우마가 걱정스레 말했다.

"나쁘지 않아. 우리가 원하는 것이 단지 생존이라면 나쁜 일이지만 난 군림을 원한다. 그런 면에서 보자면 오히려 좋은 기회다. 한 달 만에 탄생한 절대의 마지(魔地), 거기에 도사리고 있는 오대세가조차 함부로 할 수 없는 신비의 세력. 더군다나 몇 번의 싸움에서 그들을 꺾는다면 무림은 그 즉시 우리를 지왕종문이나 북두회에 견주는 세력으로 인식하게 될 테니까."

"그러나 흑사회가 십자성에 머무는 것은 더 이상 비밀이 아닙니다. 흑사회는 결코…….”
적란이 걱정스런 표정으로 말했다.
“흑사회란 이름은 세상에서 사라질 거요. 우린 새로운 이름으로 세상에 나갈 거요.”
우마가 대신 대답했다.
“애초에 그럴 계획이었군요?”
적란이 이해가 간다는 듯 고개를 끄떡였다.
“새로운 이름으로 뭐가 좋을까?”
적풍이 사람들을 돌아보며 물었다. 그러자 율사가 즉시 대답했다.
“제가 줄곧 생각해 둔 것이 있습니다만…….”
“말해봐.”
“지금 그대로 십자성이라는 이름을 쓰는 것은 어떨까요?”
“십자성?”
“그렇습니다. 어렵게 생각할 것 없이 말입니다. 그리고 이 이름을 쓰면서 한 가지 계책을 함께 실행하는 것이 좋을 것 같습니다.”
“어떤 계책 말이오?”
이번에는 우마가 물었다.
“단순히 이름을 십자성으로 쓴다면 흑사회가 이름만 바꿨다는 의심을 받을 수도 있소이다. 흑사회가 머물던 곳이 십자성이니까 말이오.”
“나도 그걸 걱정하고 있소.”

우마가 대답했다.

"해서 두 개의 십자성을 만들면 어떨까 생각했소이다. 하나는 실제로 존재하는 절강의 십자성, 그걸 남십자성이라고 부르는 거지요. 그리고 세상에는 존재하지 않지만 북십자성이라는 곳도 있다고 소문을 내는 겁니다. 그러면서 본래의 십자성은 성채의 이름이 아니라 고대부터 내려오는 신비스런 한 문파의 이름이고, 그 후손들이 자신들의 성을 찾은 거라고 하면 무척 그럴싸하지 않습니까?"

"아, 정말 머리가 비상하구만! 율사 자네가 똑똑한 줄은 알았지만 이런 계책을 생각해 낼 줄은 몰랐어!"

대발이 율사의 말에 감탄했다.

"나쁘지 않을 것 같군요."

적란도 율사의 생각에 동의했다. 그러자 우마가 적풍에게 물었다.

"어떻습니까, 형님?"

"이름이야 무슨 상관인가. 결국 가진 힘이 문제겠지."

"아무튼 허락하신다는 말씀이지요?"

"그렇게 해. 단, 일단 두 노인네에게 허락을 받고."

"알겠습니다."

우마가 대답했다.

"좋아, 그럼 내일부터 일을 시작한다. 전광석화처럼 일을 처리해야 한다. 날파리들이 꼬여들지 않게. 문주께서도 이 일에 힘을 보태주시오."

적풍이 적란에게 말했다.
"야문의 모든 힘을 동원하지요."
적란이 대답했다.

*　　　　　*　　　　　*

"가만있어 보자. 이 길이 아닌가?"
허름한 산꾼 차림의 노인이 허리를 펴고 시선을 높이 들며 중얼거렸다.
"그러게 말이야. 분명 이 길이 맞는데……."
그의 뒤쪽으로 세 명의 산꾼이 따르고 있었는데 그중 한 노인도 고개를 갸웃했다.
"아이고, 이제 두 분도 나이가 드셨나 보네요. 평생 다니신 산속에서 길을 잃다니."
중년의 사내가 농을 해댔다.
"예끼, 이 사람. 그런 소리 말어. 아직 우린 팔팔하다고."
"그런데 왜 길을 잃으셨습니까?"
중년 사내가 계속 농을 해댄다.
"야, 이거 정말 꼼짝없이 노망든 노인네로 몰리게 생겼네. 아무래도 안 되겠어. 높은 봉우리로 올라가서 산세를 살펴보자고. 우리가 잘못 들어온 것인지."
노인이 동료 노인에게 말했다.
"그러세. 하긴 흑사회란 놈들이 십자성에 든 이후에는 몇 년간 이쪽으로는 오지 않았으니 그새 길이 없어졌을 수도 있지."

"그렇긴 해. 숲이란 게 한 달만 다니지 않아도 완전히 모습을 바꾸는 법이니까. 아무튼 위로 가자고."

노인은 일행을 재촉해 산비탈을 타고 위쪽으로 오르기 시작했다.

"이, 이게 대체……?"

봉우리에 올라서는 순간 노인의 입에서 당혹한 목소리가 흘러나왔다.

"하늘이 조화를 부렸나, 아니면 우리가 다른 세상 문을 연 것인가?"

그의 곁에 있던 다른 노인도 입을 다물지 못하고 산 아래를 바라봤다.

"어르신들, 이게 대체 어찌 된 일일까요?"

두 노인을 놀려먹던 중년 사내가 겁을 잔뜩 먹은 표정으로 물었다.

"우린들 알겠는가? 세상에 이런 조화가 있나?"

노인들은 꿈을 꾸는 듯한 표정으로 눈앞에 펼쳐진 산야를 바라봤다.

그들의 눈에 보이는 산은 그들이 알던 산이 아니고 계곡 역시 그들이 알고 있는 계곡이 아니었다.

산과 산 사이에는 하늘에 떠 있어야 할 구름이 내려앉아 있어 그 구름에 덮인 산 아래 사정을 도저히 분간하기 어려웠다.

그런데 그렇게 구름에 휩싸인 산야보다 더 두려운 것이 있었다. 그건 산 위로 흐르는 은은한 검은 기운이었다.

마치 소나기가 오기 전의 하늘처럼 그들이 올라 있는 봉우리를 경계로 안쪽이 두려운 어둠에 싸여 있었다.

"저기 십자성이 아닌가?"

문득 한 노인이 손을 들어 어두운 하늘 뚫고 내려온 한 줄기 빛이 비추는 곳을 가리켰다.

그 빛 속에 아스라이 하나의 고성(古城)이 보인다.

"맞네. 십자성이네."

다른 노인이 대답했다.

"그렇다면 길이 틀린 것은 아니군. 무슨 조화인지는 몰라도 기이한 변화가 일어난 거야."

"세상에 누가 있어 저런 일을 벌일 수 있단 말입니까? 신이 아닌 이상에야……."

중년의 사내가 믿을 수 없다는 듯 물었다.

"세상에는 우리가 알지 못하는 일이 많아. 내 듣자 하니 무림에는 기이한 환영을 일으키는 절진을 펼칠 수 있는 자들이 있다던데 그런 조화인 듯싶네."

"흑사회의 마인들이 한 짓일까?"

다른 노인이 중얼거렸다.

"글쎄. 내가 듣기로 그들은 그저 죽음을 피해 도망이나 다니는 흑도의 무리라던데… 그런 능력이 있을까?"

"그럼 누가……?"

"모르지. 또 굳이 우리가 알 필요도 없고. 얼른 돌아가세. 이런 곳에 오래 머물다간 무슨 일을 당할지 모르네."

"그러세. 젠장, 오랜만에 나선 길인데……."

다른 노인이 아쉬운 듯 십자성 쪽으로 시선을 돌리다가 이내 두려운 기색을 보이며 산을 내려가기 시작했다.

소문은 산을 타는 자들로부터 시작됐다.

십자성에 신비로운 자들이 자리를 잡았다는 소문이었다. 처음 그 소식이 무림에 전해졌을 때 사람들은 고개를 갸웃했다.

왜냐하면 그 허름한 고성은 오대세가에게 멸문당한 흑사회가 마지막 은신처로 삼은 곳임이 얼마 전에 알려졌기 때문이다.

그래서 조만간 오대세가에서 고수들을 동원해 흑사회의 잔당을 칠 것이란 소문도 도는 상황이었다.

그런데 그런 곳에 새로운 세력이 똬리를 틀었다니 의아한 일이 아닐 수 없었다. 아무리 몰락했다 해도 흑사회라면 오대세가 정도가 나서야 제압할 수 있는 무리다.

그런데 소문은 꼬리에 꼬리를 물고 새로운 소문으로 이어졌다.

이번에는 성을 새로 차지한 자들의 이름이 알려졌다. 그런데 그 이름이 사람들에게 너무나 익숙했다.

—**십자성**(十字城).

도망자들이나 찾아들던 깊고 험한 산속의 버려진 산성이던 그 십자성이 한순간 전혀 다른 의미로 세상에 알려진 것이다.

십자성의 본래 주인이 돌아와 그곳에 거처하던 흑사회를 해산하고 새로운 문파를 세웠다는 소식과 그들 스스로 본래 문파 이름 그대로 십자성이라고 부른다는 소문이 하룻밤에 수십 리씩 퍼져 나갔다.

결국 몇몇 산꾼에 의해 십자성 주변이 기이하게 변했다는 것이 알려진 후 채 보름이 지나기도 전에 십자성이라는 새로운 문파의 등장이 강남무림 전체에 퍼졌다.

* * *

그가 거대한 몸을 일으켰다.

그러자 그의 몸에서 불똥이 떨어지는 것처럼 붉은 진기가 일렁였다. 대전에 홀로 시립한 노인은 그의 기세에 눌려 부들부들 몸을 떨었다. 그는 한동안 좌우로 걸음을 옮기며 뭔가를 생각하다가 입을 열었다.

"십자성?"

"그렇습니다."

노인이 고개를 숙이며 대답했다.

"지혈문의 공백을 차지했단 말이지?"

"그, 그렇다고 할 수 있습니다. 지혈문의 검벽과 십자성은 비록 거리는 멀어도 같은 절강에 있사오니……."
"북두회와의 관계는?"
"그들과는 관계가 없는 것 같습니다."
"그럼 거둬들여."
"그, 그것이……."
"뭐가 문제인가?"
"지금으로썬 그들의 정체가 모호할뿐더러 접근도 어렵습니다. 단시간에 자신들의 본거지를 절대마지로 만들어 버리는 바람에……."
"그래? 홍미롭군. 그런 재주가 있는 자들이라면 더더욱 본 문에 필요하지. 일단 그자들의 우두머리와 선을 대. 그리고 설득하라. 설득이 되지 않으면 그땐 다시 한 번 출정해야겠지."
"알겠습니다."
노인이 고개를 조아리며 대답했다.
"혈마련의 일은 어찌 되었느냐?"
"곧 결정을 내릴 것 같습니다. 이미 북두회에서 소외되기 시작했으니 혈궁주 종고의 성정을 보건대 그대로 멸시를 참고 있지는 않을 것입니다. 더군다나 혈마련의 문파들도 더 이상 혈궁을 따르지 않을 것으로 보입니다. 그야말로 고립무원의 처지지요."
"좋아, 사람을 보내 강하게 설득해!"
"알겠습니다, 마군!"
노인이 사내를 마군이라 불렀다. 당금 무림에서 마군이라 불릴 수 있는 사람은 오직 한 명, 무림을 이분하고 있다는 지왕종문의 주인 염화마군 철륵뿐이다.

"그 일이 성사되면 총관 그대는 본 문의 이 인자가 될 것이다. 혈마련을 분열시켜 혈궁을 곤경에 빠뜨린 후 북두회에서 자연스레 떨어져 나오게 하자는 계책은 훌륭했다."

"감사합니다!"

노인이 부복하며 머리를 바닥에 댔다.

"천의비문의 일은?"

"그것이……."

노인이 말꼬리를 흐렸다.

"아직인가?"

"조금 더 시간을 주십시오. 조만간 그들의 꼬리를 찾을 수 있을 겁니다."

"서둘러. 군장들이 회복되어야 북두회를 제압할 수 있어. 지금은 몇 번의 싸움으로 만들어놓은 공포가 저들을 제지하고 있지만 지금 상태로 전면전을 벌이면 결국 우리가 패한다."

"알고 있습니다."

"혈마련을 끌어들이고 형제들이 회복하면 그때는 능히 북두회를 도모할 수 있겠지."

"명심하겠습니다."

"천마맹에도 손을 쓰고 있겠지?"

"물론입니다."

노인이 대답했다.

"반응이 어떠한가?"

"천산마문과 명천문은 어려울 듯하나 흑묘문과 적룡마가는 관심을 보였습니다."

"나쁘지 않군."

염화마군 철륵이 고개를 끄떡였다.

"그들까지 끌어들일 수 있다면 이 싸움을 정사대전으로 이끌 수 있을 겁니다. 그리되면 천하의 마도가 마군께 머리를 조아리게 될 것입니다."

"좋아, 그 계책이 성공하는 날, 하근 자네는 내 옆에서 천하를 굽어보게 될 것이다!"

"오직 마군께 충성을 다할 뿐입니다."

노인이 이마를 대전 바닥에 찧으며 머리를 조아렸다. 그러자 염화마군 철륵이 뜨거운 안광을 흘려내며 중얼거렸다.

"반드시 이 땅에서 다시 지왕(地王)의 영광을 재현하겠다. 그 이후에 의천노공이란 자를 만나리라."

* * *

의천노공 우서한의 사형이자 북두회를 실질적으로 움직이는 묵안노 흑야 마한이 말고삐를 당겼다. 말도 지쳤는지 순순히 걸음을 멈추고 투레질을 했다.

산은 칼날처럼 가팔라서 자칫 발을 헛디뎠다가는 말과 함께 황천길로 가고 말 것이다.

"참으로 깊게도 숨었구나."

흑야 마한이 탄식했다.

"그만큼 두렵다는 말이겠지요."

마한의 제자 돈오가 대답했다.

"생각보다 겁이 많은 자였어, 유천궁은."

"그러니 자신의 동생까지 내친 것이 아니겠습니까?"

"후후, 그런 건가? 아무튼 겁이 많은 자라면 나쁘지 않지. 겁이 많으면 말을 잘 듣거든."

"하지만……."

돈오가 말꼬리를 흐렸다.

"그가 내 제안을 받아들이지 않을 거라 생각하느냐?"

마한이 물었다.

"한 번 덴 불에 다시 손을 넣겠습니까?"

돈오가 회의적으로 물었다.

"오직 한 가지 경우에 가능하다. 하지 않으면 죽음이 기다릴 때!"

"그러나 천의비문은 쉽게 무너질 가문이 아니지 않습니까? 아시다시피 의술로 천하에 알려진 가문이지만 사실 그들의 암기술은……."

"무섭지."

마한도 고개를 끄떡였다.

"지왕종문과의 대치가 치열한 이때 천의비문까지 적으로 돌려서는… 더군다나 비록 과거의 죄가 있다고는 하나 천의비문에 은혜를 입은 자도 많습니다. 특히 북두회의 가주들은 그들을 멸문시키는 것에 동의하지 않을 것입니다."

"후후, 그래서 친구가 되려는 것 아니냐?"

마한이 빙긋 웃으며 말했다.

"회유에 넘어올까요?"

"목숨을 담보로 하고 거기에 막대한 이득을 준다면 유천궁은 움직일 거다. 생각해 보거라. 그와 그의 가문이 지난날 그저 누군가를 치료해 줬다는 이유만으로 얼마나 많은 핍박을 받았느냐? 그 굴욕을 보상받을 기회를 준다면 그는 움직일 거야. 아니면 멸문인데."

"하긴 유천궁은 그럴 수도 있는 인물이지요."

돈오가 마한의 말에 수긍했다.

"문제는 유천궁이 아니라 천의비문의 늙은이들이지. 사실 유천궁이 천의비문의 문주라고는 해도 그들의 행보는 그 늙은이들에 의해 결정되거든. 특히……."

"유취려 그 노파가 걱정이시군요."

"그렇다. 그녀는 당시에도 천의비문의 잘못을 시인하지 않았어. 자신들을 공격한다면 일전을 불사하겠다고 했지. 사실 천의비문이 멸망하지 않은 것은 그녀 때문이라고도 할 수 있다. 당시 그녀가 내세운 논리가 북두회의 수장들을 수긍시켰으니까."

"의원은 환자를 가리지 않는다는 말 말입니까?"

"음, 그 말에는 너희 중 천의비문의 도움을 받지 않은 자가 누가 있느냐는 뜻이 내포되어 있었거든."

마한이 대답했다.

"틀린 말은 아니지요. 북두회의 문파 중 천의비문의 도움을 받지 않은 곳은 없다고 할 수 있지요. 정사 양도를 떠나서."

"전대에 쌓아놓은 선덕이 현재의 천의비문을 살렸다고 할 수 있지. 당시에도 그들의 도움이 필요한 문파가 여럿 있었고. 그래서 그들로서는 문주의 혈육인 유하 그녀의 희생만으로 그 위기를 넘을 수 있던 것이다."

"불쌍한 여인이지요."

"그렇다고 할 수 있지. 결국에는 전마로부터도 버림받았으니까."

"어디 있을까요?"

"죽지 않았느냐? 호천대가 그녀의 최후를 확인했잖느냐?"

"그녀의 아들 말입니다."

"글쎄. 뒤가 깨끗한 것은 아니지만 그 혼자서 무슨 일을 하랴. 만약 살아 있다면 당연히 천의비문을 찾아오지 않았겠느냐? 외가는 외가니까. 그렇다면 유천궁은 어떻게든 그 아이를 죽였거나 살아도 산 것이 아닌 모양으로 만들어놓았을 거다."

"이번에 확인할 수 있겠군요."

"죽였을 가능성이 커. 그랬다면 아예 찾아온 것을 부인하겠지."

"조카를요?"

"화근이니까. 전마의 혈육이란 정말 무서운 화근이지."

마한이 중얼거렸다. 왠지 모르게 그의 표정에서 두려움이 느껴지는 것 같기도 했다.

"그만 가시죠. 날이 저물겠습니다."

돈오가 길을 권했다.

"그러자꾸나. 모두 조금만 더 고생하거라!"

마한이 십여 장밖에 떨어져 있는 수하들을 보며 말했다.

"알겠습니다, 대주!"

수하들 중 굳강한 모습을 한 사내가 대답했다.

이들이야말로 북두회에서 마한이 가장 신뢰할 수 있는 조직인 호천대의 고수였다.

"이랴."

마한이 말에 올라 길을 재촉했다. 그러자 돈오가 재빨리 마한을 따라붙으며 다시 말을 건넸다.

"그런데 절강의 일은 어찌 된 것일까요?"

"그 십자성이란 곳 말이냐?"

"예. 이상하게 신경이 쓰입니다."

"걱정 말거라. 세상에 새로운 것은 없다. 십자성의 뿌리는 분명 흑사회야. 그자들이 자신들이 평판이 좋지 않아 재기에 걸림돌이 되니 십자성이라는 이름으로 새롭게 갈아입은 것뿐이다."

"하지만 십자성 주변에 만들어졌다는 그 절진은……."

"후후, 진법이란 것이 그런 것이다. 본래 사람들의 눈을 현혹하기 위해 만든 것이지. 흑사회가 제법 괜찮은 진법가를 얻은 모양이다만, 오대세가의 정예들이 움직였으니 곧 평정될 거다."

"겨우 오십으로 가능할까요? 좀 더 보냈어야 하는 게 아닐지. 앞서 보낸 자들에게서 연락이 끊긴 것도 십자성이라는 그 자들에 의한 것일 수도 있습니다만……."

"숫자는 오십이나 모두 오대세가의 일류고수다. 십자성의 환상을 깨뜨리기에 충분한 숫자지. 지금 상황에선 그 정도 숫자를 뽑아내는 것도 힘겨운 일이었다."

마한이 대답했다.

길은 이제 절벽 사이로 난 가파른 돌길에 이르렀다.

"염화마군이란 자, 생각보다 무서운 자가 아닙니까? 어느새 세력을 그리 모았는지……."

돈오가 고개를 저으며 말했다.

"나도 조금 놀라기는 했다. 그러나 여전히 천하는 북두회의 것이야. 북두회의 전력을 몰아가면 지왕종문을 멸문시키는 것은 어려운 일이 아니다. 다만 나로서는 이 대치 상황을 좀 더 이용하고 싶구나. 새로운 검은 사자들을 얻을 때까지는 말이다."

"모든 것이 사부님의 뜻대로 될 것입니다."

"그래야지. 그래야 사제를 상대할 수 있어."

마한이 의천노공 우서한이 있을 북쪽 하늘을 보며 중얼거렸다.

"그가 산 아래 도착했습니다."

문사 차림의 청년이 오십 대 후반으로 보이는 사내에게 고했다.

천애의 절벽 위, 위태로운 땅 위에 그보다 더 위태로운 건물이 서 있다. 도대체 이런 첨탑 같은 절벽 위에 어떻게 이런 건물들을 세웠는지 불가사의할 정도이다.

건물은 모두 다섯 채로, 사내가 있는 곳은 그중 중앙에 위치한 가장 큰 건물이다.

"그가 오기 전에 어른들을 모시게."

중년 사내가 말했다.

"알겠습니다."

청년이 고개를 숙여 보이고 대전을 물러났다. 그러자 사내가 주위에 서 있는 두 남녀에게 물었다.

"그가 뭘 원할까?"

그러자 삼십 전후의 여인이 대답했다.

"아마 북두회로 들어오라고 할 거예요. 지왕종문과의 싸움이 시작되었으니 반드시 우리 천의비문이 필요하겠지요."

"괜찮을까?"

"나쁘지는 않을 거예요. 이 기회에 과거의 업을 떨쳐 낼 수 있으니까요."

여인이 대답했다.

그런데 그때 침묵을 지키고 있던 삼십 대 중반의 사내가 입을 열었다.

"반드시 그래서 오는 것만은 아닐 것입니다."

"무슨 뜻이냐?"

오십 대 중반의 사내가 물었다.

"단순히 북두회에 비문을 청하는 일이라면 과연 그가 직접 왔겠습니까? 아마도 다른 요구가 있을 겁니다."

"음, 그 말도 일리가 있구나. 도대체 그는 뭘 원해서 직접 우릴 찾아오는 걸까? 지난 세월 우리 천의비문은 철저히 세상을 등지고 살았다. 봉문이 아니라 폐문에 가까운 세월이었지. 한때의 실수가 가져온 대가치고는 가혹한 일이었다. 그런데 지금에 와서 왜……."

"어르신들께서 도착하셨습니다."

문득 문밖에서 누군가의 목소리가 들렸다. 그러자 사내가 자리에서 일어나며 말했다.

"모시거라!"

사내는 말을 마치고 문 앞까지 빠르게 걸어 나갔다.

문이 열리면서 선풍도골의 노인 여섯이 들어왔다. 그들 중 넷은 남자이고 둘은 여인이었는데 백발임에도 불구하고 얼굴에는 홍기가 있고 눈의 정기는 젊은이 못지않았다.

"어서들 오십시오."

사내가 고개를 숙여 노인들을 맞이했다.

"문주, 그자가 오고 있다는 것이 사실이오?"

노인 중 하나가 걱정스런 표정으로 물었다.

"그렇습니다. 그가 오고 있답니다."

"어허, 문제로고. 그자가 우리의 거처를 어찌 알았을까?"

"그가 마음먹는다면 세상에 숨을 사람은 없을 겁니다."

문주라 불린 사내가 대답했다.

이 사내가 바로 전설적인 의가 천의비문의 문주 유천궁이다.

유천궁의 말에 노인이 이내 고개를 끄떡였다.

"하긴 그렇지. 천하에 누가 있어 묵안노의 눈을 피할까. 이골마족의 씨를 말린 그인데."

노인의 말에 곁에 있던 노파가 사늘한 표정으로 말했다.

"이골마족은 아예 입에 올리지도 마세요, 사형!"

"허험, 그렇군. 내 실수했네, 사매."

노인이 겸연쩍은 표정을 짓자 문주라 불린 사내가 노인들을 안쪽으로 이끌었다.

"일단은 좌정하시지요."

"그러십시다."

노인이 대답과 함께 먼저 걸음을 옮겼다.

마한은 대제자 돈오와 자신을 호위하는 호천대의 고수들을 데리고 마치 자기 집 들어오듯 안으로 들어왔다.

천의비문의 문주 유천궁은 안하무인으로 행동하는 마한을 보면서도 얼굴에는 웃음을 띠고 그를 맞았다.

"지왕종문의 출현으로 강호의 일이 번잡하실 터인데 어떻게 이 먼 곳까지 출타하셨습니까?"

유천궁이 묻자 마한이 마치 빚을 받으러 온 사람처럼 대답했다.

"사실은 그 때문에 왔소이다."

"무슨 말씀이신지……?"

"지왕종문의 난을 종식하려면 천의비문의 도움이 필요하단 뜻이오."

"세상을 등진 일개 의가가 무슨 힘이 있어서 천하대란을 종식시킨단 말입니까?"

"지왕종문을 이끄는 자, 염화마군 철륵이란 자가 어떤 자인지 아시오?"

"글쎄요. 저희는 세상에 눈과 귀를 닫고 사는지라……."

"그는 이골마족이오."

"음……."

유천궁이 나직한 침음성을 흘렸다.

이골마족, 어찌 잊을 수 있겠는가. 그들로부터 지난 수십 년간의 천의비문 고난이 시작되었는데.

"그가 얼마나 많은 이골마족을 끌어들였는지, 혹은 그자들이 과연 과거 검은 사자만큼 무서운 자들인지는 모르겠소. 그러나 어쨌든 이골마족은 이골마족! 그들을 상대하려면 우리도 특별한 준비가 필요하다는 것이 내 생각이오."

"준비라면……?"

유천궁이 걱정스런 표정으로 물었다.

"다시 한 번 만들어주시오."

"뭘 말입니까?"

"검은 사자."

"대인!"

유천궁이 경악스런 표정으로 마한을 불렀다. 그러자 마한이 나직하면서도 위압적으로 말했다.

"하지만 이번에는 좀 다른 의미일 거요. 천하를 탐하는 마귀들이 아닌 천하와 북두회를 위한 충실한 무노(武奴)로서의 검은 사자가 필요하오. 난 문주께서 이 일을 거절치 않으리라 생각하오."

마한의 단호한 태도를 보며 유천궁은 깨달았다. 그의 요구를 도저히 거부할 수 없다는 것을.

"후우, 대인께서는 아직도 오해를 하고 계시군요."

"오해?"

"처음 그때도 말했지만 검은 사자를 만든 것은 우리 천의비문이 아닙니다. 그들이 비문에 머무는 동안 놀라운 진보를 한 것은 사실이나 사실 우리 비문조차도 그들이 왜 그렇게 강해진 것인지에 대한 의문은 풀지 못했지요. 그래서 항상 세상에 대고 말한 겁니다. 억울하다고 말이지요."

"음, 그 말이 정말이었소? 단지 세상의 질타를 피하기 위해 둘러댄 것이 아니었단 말이오?"

"그렇습니다. 다만 그들의 근골을 튼튼하게 하고 그들 몸에 잠재되어 있는 내력을 일깨워 주는 일은 했습니다만, 그것만으로 당시 검은 사자들이 보여준 그 놀라운 무공의 진보를 설명할 수는 없지요."

"음, 변수로군. 하지만 좋소. 어쨌든 그들을 다뤄보았으니 당시 검은 사자들에게 해준 만큼만 해주시오. 그 정도만 해도 아마 괜찮은 사냥개 정도는 키울 수 있을 것이오."

마한이 서늘한 시선으로 유천궁을 보며 말했다.

제6장
신비일세(神秘一勢)
십자성(十字城)

숲은 끊임없이 습기를 뱉어냈다. 습기가 하늘로 올라가 연무를 만들고 연무는 구름처럼 산과 산 사이를 떠돌았다.

한때 절경으로 소문났던 절강의 한 숲이 그렇게 어둠과 공포의 장소로 변한 것이 겨우 삼 개월 전이다.

사람의 심리란 이상해서 단지 숲의 모습이 바뀐 것뿐인데 그 속속들이 알고 있던 산사람들조차도 그곳에 아주 오래전부터 이름 모를 괴수나 신인이 머물렀던 것이 아닐까 하는 생각을 하게 됐다.

그래서 숲은 점차 금지가 되어갔고, 숲에 대한 믿지 못할 소문들이 바람을 타고 퍼져 나갔다.

그 숲 중앙에 하나의 고성이 서 있다.

이제 와서야 맑은 날 보아도 연무 위로 슬쩍 성의 망루만이 보일 뿐인 그 고성은 숲보다 더한 신비와 호기심을 불러일으키는 존재가 되어 있었다.

십자성(十字城).

이제 그 이름은 성만을 가리키는 것이 아니었다. 수백 년 전부터 이어져 내려온 십자성이라는 이름은 이제 무림의 한 세력을 지칭하는 것으로 빠르게 변해가고 있었다.

일반 사람들과 달리 무림인들은 숲의 그 모든 조화가 결국 십자성으로부터 시작되었다는 것을 의심할 수 있었다.

단지 무림인들조차도 알 수 없는 것은 흑사회를 해체하고 성을 차지한 자들의 정체였다.

절강 인근의 문파나 무림의 강자들은 너 나 할 것 없이 십자성으로 자파의 고수들을 은밀히 파견했다. 그러나 그들 중 누구도 새로운 신비 세력 십자성에 대해 알아낸 자가 없었다.

노련한 정탐꾼조차도 십자성 인근에 형성된 괴진(怪陣)을 뚫고 들어가 십자성에 접근하는 데 실패를 거듭하고 있었다.

그리하여 십자성은 무림에 등장한 지 채 삼 개월이 되기도 전에 제법 그럴듯한 별칭을 얻게 되었다.

신비일세(神秘一勢). 강호에 북두회와 지왕종문으로 대변되는 두 개의 절대 세력이 대치한 상황에서 홀연히 등장해 절대마지에 똬리를 튼 십자성을 사람들은 언제부턴가 신비일세라 부르기 시작했다.

그런데 사실 신비일세라는 그 별칭조차 십자성의 책사들이 만들어 퍼뜨린 별호란 것을 강호의 무인들은 모르고 있었다.

"신비일세(神秘一勢)?"

허리에 긴 장검을 찬 완고한 얼굴의 노인이 물었다.

"그렇소이다."

그의 옆에서 그만큼이나 도도해 보이는 노인이 대답했다.

"무림 참 쉬워졌군. 진법이나 펼치고 귀신 놀음이나 해대는 자들을 신비일세라 부르다니. 후후후, 도검의 힘을 경험하지 못한 자들이나 하는 소리지."

장검을 찬 노인이 코웃음을 흘렸다.

"그리 무시할 바가 아닌 듯하오."

눈을 반쯤 가린 두건을 두르고 검은 장삼을 걸친 자가 입을 열었다.

"호, 당 노사께선 그들을 두려워하시는 거요?"

"글쎄… 두렵다기보단 소홀히 생각할 자들은 아니라는 거요."

"왜 그렇게 생각하시오?"

장검의 주인이 물었다.

당 노사라 불린 노인이 머리에 두른 두건을 걷어 올렸다. 그러자 마른 얼굴에 푸른빛이 도는 눈을 가진 노인의 얼굴이 드러났다. 이런 눈빛은 천하에 오직 한 곳, 사천당문의 고수들만이 가지고 있는 것이다.

"허명이나 날리는 자들이 남궁철, 악무관, 이여림 같은 고수들을 돌려보내지 않을 수 있겠소?"

당가 고수의 말에 장검의 주인 표정이 싸늘하게 변했다.

"정말 십자성에 의해 그들이 죽었을 거라 생각하는 거요?"

"흑사회라면 더욱 말이 안 되는 것 아니오?"

당가의 고수가 물었다.

그러자 장검의 주인 얼굴이 붉어졌다. 장검의 주인은 강호무림에서 그 이름만으로도 누구나 한 수 양보하는 신분을 가지고 있었다. 남궁세가의 부가주이자 현 남궁세가주의 친동생이라는 귀한 신분을 가진 자가 바로 장검의 주인이다. 이름은 남궁산. 검에 관한 한 신의 경지에 올랐다고 알려진 고수이다.

그런 만큼 남궁세가에 대한 자부심도 강했다. 그런 그에게 자파의 절정고수가 흑도마문인 흑사회에 죽임을 당했다는 것은 인정할 수 없는 치욕이었다. 그러니 그로서도 당가 고수의 말을 반박할 수 없었다.

"그 일이 정말 십자성의 짓이라면 우린 조금 조심할 필요가 있소."

처음 남궁산과 대화를 하던 도도한 인상의 노인이 입을 열었다.

그는 산동악가의 노고수 악삼혼이란 자로 두 개의 단창을 쌍으로 사용하는 신기의 창술을 익힌 자다.

"그렇다고 겁을 먹을 상대는 아니오."

"아니, 우린 조심해야 하오."

그때 문득 지금껏 침묵을 지키고 있던 다른 한 노인이 입을 열었다. 오대세가의 다른 세 노고수보다도 더 나이가 많아 보이는 노인이다. 노구를 말에 싣고 있는 것조차도 지쳐 보이는 모습이다.

그러나 누구도 그의 말을 무시할 수 없었다. 왜냐하면 그야말로 무리 중에서 가장 배분이 높은 전대의 고수였기 때문이다.

"만파검 선배께서도 그들을 두려워하십니까?"

남궁산이 못마땅한 표정으로 물었다.

그의 입에서 흘러나온 만파검이란 별호는 세상에서 오직 한 명만이 사용할 수 있다.

저 유명한 요동의 제일고수 이은검이 바로 그다. 그는 검은 사자들의 시간이 있기 전부터 요동의 제일고수였다.

그의 검은 광풍처럼 사납고 파도처럼 끊임없이 이어져 그 어떤 고수라도 그를 상대로 이득을 취한 사실이 없었다.

그 절대의 검객이 왜 갑자기 강호 활동을 끝내고 은거했는지 모르겠지만, 그는 검은 사자들이 막 강호행을 시작할 때 돌연 강호를 떠나 요동검가의 깊은 밀지에 은거해 버렸다.

그런 그가 오늘 요동에서 수만 리 떨어진 이 절강 땅에 나타났으니 세상 사람들이 알면 놀랄 일이 아닐 수 없었다.

"그러게 말이오. 아무래도 두려워지는구려."

만파검 이은검이 대답했다. 그러자 남궁산의 표정이 살짝 변했다. 이은검의 표정을 보니 그저 방심하는 것을 경계해서 하는 말이 아닌 것 같았다.

"진심이시군요."

"그렇소."

"이유가……? 출발할 때는 가볍게 생각하지 않으셨습니까?"

남궁산이 의아한 표정으로 다시 물었다.

"이곳에 와서 생각이 변했소."

"연유가 무엇인지요?"

다시 남궁산이 물었다. 그러자 이은검이 손을 들어 그들 앞에 펼쳐진 기괴한 숲을 가리켰다.

"저 숲 때문이오."

"……?"

이은검의 대답에 남궁산뿐만 아니라 다른 고수들도 의아한 표정을 지었다.

사실 눈앞에 펼쳐진 이 음산한 숲은 보통 사람들에게나 두려움을 일으키는 환영이라고 할 수 있었다. 수십 년 강호를 종횡한 오대세가의 노고수들에게 진은 그저 눈속임에 지나지 않았다.

그런데 그 진 때문에 만파검과 같은 은거기인이 두려움을 느끼다니 쉽게 수긍할 수 없는 일이었다.

"놀랍기는 하지만 환영진일 뿐이지 않습니까?"

당문의 노고수가 물었다. 당문은 독과 암기에 치중하고 있지만, 기관진식에도 일가견이 있는 문파였다.

"환영진, 그렇지 환영진이오. 그런데 말이오, 그거 아시오?"

"무엇을 말씀이십니까?"

당문의 노고수가 물었다.

"내가 이 진을 처음 보는 것이 아니란 사실이오."

이은검의 말에 주변 사람들이 모두 놀라 이은검을 바라봤다. 이은검이 이 진을 알고 있다면 일은 전혀 다른 양상으로 변할 수 있었다.

첫째, 진을 깨뜨릴 방법을 쉽게 찾을 수 있고, 둘째, 싸우기 전에 십자성의 정체를 알 수 있을 것이다.

"진을 처음 보는 게 아니시라면 오히려 좋은 일이 아닙니까?"

당문의 고수가 물었다.

"보통 진이라면 그럴 거요. 그런데 이 진은 그리 단순하지 않소."

"어디서 보셨습니까, 이 포진을?"

남궁산이 물었다.

"음, 벌써 삼십여 년이 다 되어가는구려. 그러니까 검은 사자들의 시간이 막 시작되려는 그때 요동검가는 무림의 오랜 전설이던 신비일맥의 흔적을 발견했소. 모두들 천기자를 알 것이오."

"천기자라면 수백 년 전의 전대기인이 아닙니까? 하늘도 가둘 수 있는 지혜를 가지고 있다는……."

당문의 고수가 대답했다.

"맞소. 요동검가는 당시 그 천기자의 맥을 이은 자들이 사는 곳을 우연히 알게 되었소. 마침 요동의 정세가 심상찮아 검가의 방비를 튼튼히 할 필요가 있었기에 우리로서는 좋은 기회였소."

"그래서 그들을 찾아가셨군요."

"그렇소. 그런데 그때 우린 그들이 자신들의 거처 주변으로 펼쳐 놓은 괴상한 절진에 막혀 한 달을 허비한 끝에 겨우 그들이 살고 있는 세 채의 오두막에 접근할 수 있었소."

"그래서 만나셨습니까?"

"아니오. 그들은 우리가 오는 줄 알고 이미 자취를 감추고 없었소. 그때의 그 진법, 백두의 한 산봉우리를 온통 미로로 만들었던 그 소름 끼치는 진법을 오늘 난 다시 보았소."

"아!"

사람들 입에서 탄성이 흘러나왔다.

천기자의 진(陣)이라면 이건 보통 문제가 아니다. 천기자의 진법은 환영을 넘어 실제로 수목과 풍우를 움직인다고 전해지지 않았는가.

"그럼 그때 백두를 떠난 천기자의 후예들이 십자성에 들어온 것일까요?"

산동악가의 노고수 악삼혼이 물었다.

"그건 모르겠소. 하지만 어쨌든 이 진이 천기자와 연관이 있는 것이 분명한 이상 방심은 금물이오."

이은검이 경고했다.

이번에는 남궁산도 그의 경고에 수긍했다. 도도한 자이지만 천기자라는 이름이 가지는 의미를 모를 사람이 아니었다.

비록 그것이 수백 년 전 전설 속의 인물이라 할지라도.

"이곳에서 하루 쉽시다."

문득 당문의 고수가 말했다.

"아직 해가 중천인데 말이오?"

악삼혼이 되물었다.

"진의 위험을 알았으니 함부로 들어갈 수 없소. 다행히 만파검 선배께서 과거에 한 번 경험해 보신 진이라니 선배의 조언을 듣는다면 생로를 찾을 수도 있을 것 같소. 내게 시간을 주시구려."

"그렇다면야 당연히 그래야지요."

악삼혼이 고개를 끄떡였다.

"이곳에서 숙영한다! 주변을 경계하고 숙영지를 구축하라!"

남궁산이 그들을 따라온 토벌대에 명을 내렸다. 그 모습을 보며 이은검이 중얼거렸다.

"예감이 좋지 않아. 갑자기 천기자라니. 더군다나 당시 그들의 진은 저렇게 어둡지는 않았는데……."

만파검 이은검의 시선이 연무에 휩싸인 산야로 향했다.

"또 오대세가란 말인가?"

적풍이 살짝 눈살을 찌푸렸다.

"그렇습니다."

우마도 조금 화가 난 듯 보였다. 연이은 오대세가 고수들의 출현이 그의 심기를 긁는 모양이다.

"돌아오지 못한 자들이 있음에도 다시 보냈다. 한 번의 경고로는 충분치 않나 보군."

적풍이 중얼거렸다.

"어찌할까요?"

"대가를 치러야지."

적풍이 대답했다. 그러자 한쪽에 자리를 잡고 앉아 딴청을 부리고 있던 유령마군 사혼이 중얼거렸다.

"그럴 필요 있어?"

"그럼 어쩌자는 말입니까?"

"내가 살펴보니 이 진은 말이야, 정말 놀라워. 호풍환우가 가능하더라니까? 그냥 놔두면 놈들도 제풀에 지쳐 돌아갈 거야. 괜히 오대세가와 죽자 사자 싸울 필요 없어."

"복수하고 싶지 않습니까?"

적풍이 물었다. 오대세가는 흑사회를 한 번 멸절시킨 문파다. 그로 인해 사혼은 수년 동안 북방에 숨어 있어야 했다. 당연히 유령마군 사혼에겐 일생일대의 적이었다.

"복수? 하고 싶지. 하지만 지금은 아냐. 십자성은 아직 취약해."

"그렇게 보세요?"

"당연하지. 넌 설마 지금 우리가 오대세가와 싸울 능력이 된다고 생각하는 거냐?"

사혼이 따지듯 물었다. 그런데 적풍의 대답이 가관이다.

"예."

"뭐, 뭐라고? 젠장, 내 나이가 들어서 귀가 먹었나?"

사혼이 놀란 목소리로 중얼거렸다.

"오대세가와 싸울 능력이 된다고 했습니다."

"대체 어떻게……?"

"싸워서 이길 자신이 있다는 거죠."

"야, 이 미친… 아니, 이보게, 성주! 제정신으로 하는 말인가?"

사혼이 욕설을 퍼부으려다 말고 애써 화를 참으며 물었다.

십자성의 성주는 당연히 적풍이다. 비록 어린 제자라 해도 십자성의 성주인 적풍에게 이놈저놈 욕설을 해댈 수는 없었다.

"사부, 저들의 최대 약점이 뭔지 아십니까?"

적풍이 물었다.

"지왕종문과 대치하고 있다는 것 아니냐?"

"그건 당장 눈에 보이는 거고요."

"그럼 또 뭐?"

사혼이 여전히 못마땅하다는 표정으로 물었다. 그러자 적풍이 대답했다.

"저들의 최대 약점은 다섯 문파가 천하 각지에 흩어져 있다는 겁니다. 요동검가는 요동에, 악가는 산동에, 사천당문은 사천에 있지요. 그나마 강남무림에 있는 것은 오직 한 곳, 남궁세가뿐입니다. 금가야 망해서 그 유족들이 겨우 북두회의 보호를 받고 있는 처지이고 말이지요."

"그래서?"

"다섯 곳이 모두 모이면 당연히 우리가 패하겠지요. 그러나 그중 한 곳이라면, 그리고 기습이라면 우리가 이깁니다. 그건 내가 장담하지요."

적풍의 말에 사혼의 눈이 번쩍였다.

"설마 이곳에 온 자들 이상을 생각하고 있는 거냐?"

"그들을 패주시키고 남궁세가를 공격할 겁니다."

"야, 이거 정말 미친놈일세. 남궁세가가 그리 호락호락한 곳인 줄 알아? 세상에 보이는 게 전부가 아니야. 남궁세가는 천하에 산재한 수십 개의 방계 문파가 있고 문중 깊은 곳에 은거한 전대의 고수들이 즐비하단 말이다. 그런데 그런 곳을 기습해?"

사혼이 절대 불가한 일이라는 듯 고개를 저으며 말했다.

"남궁세가 정도를 상대하지 못한다면 천하를 품겠다는 꿈은 포기해야겠지요."

적풍은 고집을 꺾지 않았다.

"성주, 이 일은 다시 한 번 생각해 보시게."

마도충 역시 정색한 표정으로 말했다. 그러자 적풍이 우마에게 물었다.

"우마 네 생각은?"

적풍의 물음에 사람들의 시선이 우마에게로 향했다. 우마의 대답 여하에 따라 앞으로의 행보가 정해질 것이라는 건 누구나 짐작할 수 있었다.

"해보죠!"

우마는 망설이지 않았다. 대답이 아주 시원했다.

"좋아, 그럼 오는 자들을 베고 남궁세가로 간다. 두 분, 너무 걱정하지 마십시오. 모두 출전 준비해!"

"예, 성주!"

장내의 인물들이 일제히 대답하고는 대전을 벗어났다. 그러자 적풍이 우마를 보며 말했다.

"우리도 나가보자."

"그러죠, 형님!"

우마가 대답하고는 적풍의 뒤를 따라 대전을 벗어났다.

두 사람이 대전을 나가자 멍한 표정으로 텅 빈 대전을 두리번거리던 사혼이 뒤늦게 욕을 해댔다.

"저 미친 새끼들이!"

"회주, 제자 놈들 때문에 우리가 제명에 죽지 못하겠습니다."

마도충도 투덜거렸다.

"내가 도대체 무슨 짓을 한 거지?"

사혼이 마도충을 보며 물었다.

"그러게 말입니다. 천하, 천하 노래를 불렀지만 정말 천하를 노릴 줄 누가 알았겠습니까?"

"어이쿠, 머리야. 이건 정말 감당이 안 되네."

"그런데 말입니다, 회주."

"말해보게."

"정말 남궁세가주의 머리를 가져오면 어쩌죠?"

"그, 그야… 뭐… 그럼… 젠장! 어째 기분에 가져올 것도 같지?"

"이상하게 그런 느낌이 듭니다."

"하아, 정말 그렇게 되면 어쩔 수 없이 이 유령마군 사혼이 천하를 노려봐야겠지."

사혼이 벌레 씹은 표정을 하며 중얼거렸다.

"사람을 추려!"

대전 밖으로 나서며 적풍이 말했다.

"몇이나 뽑을까요?"

우마가 물었다.

"일백!"

"그렇게나 많이요?"

우마가 놀란 표정으로 물었다.

일백이라면 십자성의 무사 중 거의 삼분의 일에 해당하는 숫자다.

십자성을 개파한 후 야문을 통해 작은 문파들을 끌어들이며 늘린 숫자가 삼백 정도이다.

전력을 생각하면 강호의 명문 남궁세가를 상대하려는 적풍의 계획은 사혼의 말대로 허무맹랑한 것일 수도 있었다.

"그 백을 다시 셋으로 나눈다. 선발로 기습하고 중군으로 쓸어버린다. 후군은 만약을 대비하고 싸움에는 관여치 않는다."

"알겠습니다."

우마가 생각보다 치밀한 적풍의 말에 만족한 듯 대답했다.

"향후 그 세 무리를 중심으로 십자성의 무력을 키워 나간다.

그러니 제대로 된 자들을 골라야 해. 성정도 각 대에 맞아야 하고. 선발은 빠른 자들이어야 하고 독해야 해. 중군은 무공과 공력이 뛰어난 자들이어야 하고, 후대는 신중한 자들이어야 한다. 이후 그들을 뼈대로 십자성을 이끌어가겠다. 그러니 신중하게 사람을 배치해. 각 대의 이름은 알아서 생각해 봐."

"알겠습니다, 형님!"

"열흘 안에 준비하고, 여기 온 놈들은 내가 상대한다."

"괜찮으시겠어요?"

"괜찮아. 늙은이들 도움도 받으려고."

"나설까요? 그토록 반대했는데."

"후후, 아마 그럴걸? 말은 그렇게 해도 빚을 지고는 못 사는 성격들이니까. 일단 싸움이 결정된 이상 뒤로 물러나 있지는 않을 거야."

적풍이 오랜만에 웃음을 흘렸다.

"하긴 그렇긴 하군요. 복수라면 철저하게 해내는 양반들이지요. 그것도 다름 아닌 오대세가라면."

우마가 빙그레 미소를 지으며 대답했다.

휘이잉!

연무가 살아 있는 것처럼 밀려들었다가 물러났다. 그럴 때마다 오대세가의 고수들은 한기를 느꼈다. 그 연무 속에 내포된 살기가 노련한 고수들조차 긴장하게 만들었다.

"생로가 확실한 거요?"

남궁산이 당문의 고수 당일호에게 재차 물었다. 그러자 당일호가 불쾌한 기색을 내보였다.

"확률은 칠 할이라고 하지 않았소? 삼 할의 위험은 언제든 도사리고 있소. 퇴각하겠다면 말리지는 않겠소."

당일호의 냉정한 말투에 남궁산이 겸연쩍은 표정을 지으며 대답했다.

"당 노사의 실력을 의심하는 것은 아니오. 단지 생로라고 하기에는 살기가 워낙 강해서……."

"이 진이 원래 그렇소. 내가 천기자의 후손을 찾아갔을 때도 이러했소."

요동검가의 만파검 이은검이 진중한 표정으로 말했다.

"알겠습니다. 형제들이 너무 심력을 쓰는 것 같아 걱정이군요. 적을 만났을 때 과연 전의가 남아 있을지……."

남궁산이 뒤를 돌아보며 말했다.

그의 말대로 오십여 명의 오대세가 고수는 무척 지쳐 보였다. 겨우 반나절 이동했다고 지칠 그들의 공력이 아니었지만 이 기이한 진 속에서는 반나절이 반년처럼 느껴지는 그들이었다.

"잠시 쉽시다."

악가의 고수 악삼혼이 말했다.

"쉬면 더 위험하오."

당일호가 경고했다.

"어째서 말이오?"

"진 속에서 쉬는 것은 쉬는 것이 아니오. 일단 움직임을 멈추면 진의 기세에 눌려 오히려 원기를 빼앗길 수 있소. 그리되면 다시 전진하기 더 어려울 것이오. 느리게나마 계속 움직이는 것이 좋소."

당일호의 말에 악삼혼이 고개를 끄떡이면서도 입으로는 욕설을 해댔다.

"망할 놈의 작자들, 이런 고약한 진으로 사람을 고생시키다니. 만나기만 하면 내가 이자들을 따끔하게……!"

투덜거리던 악삼혼의 입이 갑자기 닫혔다.

휘이잉!

한 차례 바람이 불어와 그들 앞을 가로막고 있던 연무가 흩어지는가 싶더니 문득 사람 그림자가 연무 뒤편에서 어른거렸다.

"적이다! 조심하라!"

남궁산의 입에서 경고가 터져 나왔다. 그 경고에 지쳐 있던 오대세가의 고수들이 화들짝 놀라며 도검을 빼 들었다.

후웅!

다시 한 차례 바람이 불었다. 그러자 이번에는 좀 더 확실하게 적의 모습이 보였다.

앞에 나선 자만 해도 수십 명은 됨직한 숫자다. 그 뒤로 진의 연무 속에 또 얼마나 많은 적이 숨어 있는지 알 수 없었다.

"누구냐?"

남궁산이 얼굴을 굳히며 물었다.

"주인의 이름을 묻기 전에 객이 먼저 정체를 밝히는 것이 도리가 아니오?"

진 속에서 나타난 자들 중 낡은 마의에 애꾸눈, 그리고 자상이 여럿 보이는 얼굴의 노인이 대꾸했다.

그런데 노인이 나서는 순간 오대세가 진영에서 웅성거림이 일어났다. 왜냐하면 노인이 조금만 살펴보면 금세 그 정체를 알 수 있는 자였기 때문이다.

"유령마군 사혼, 정말 당신인가? 과연… 시신을 찾지 못했다더니 살아 있었군."

남궁산이 탄식하듯 중얼거렸다.

그 역시 과거 오대세가의 흑사회 토벌전에 참여했던 사람이다. 그가 사혼을 알아보지 못할 리 없었다.

"남궁산, 날 잊지 않았군."

"역시 십자성은 흑사회가 이름을 바꾼 것이었군. 어리석은 일이야. 이름을 바꾼다고 마문의 과거가 사라지는 것도 아닌데 말이야."

"흐흐흐, 나도 그랬으면 좋겠는데 그렇지가 않아."

사혼이 음산한 웃음을 흘리며 말했다.

"부인하는 건가?"

"아쉽게도 흑사회는 그만 완전히 흩어져 버리고 말았어. 구름처럼 말이지. 아쉬운 일이지. 이 사혼이 평생을 바쳐 만든 흑사회가 한순간에 흩어지다니."

"그렇다면 그대가 어떻게 이곳에 있을 수 있단 말인가?"

남궁산이 물었다.

"그건 우리 성주의 넓은 아량 때문이지."

"그 말은 십자성의 성주가 그대를 거뒀다는 의민가? 믿을 수 없군. 천하의 유령마군 사혼이 그 나이에 누군가의 수하가 되다니……."

"뭐, 수하라고까지는 할 수 없고 정중한 초청에 응했다고 할 수 있지."

사혼이 자존심이 상했는지 슬쩍 말을 비틀었다.

"후후후, 그래도 자존심은 남아 있나 보군."

"좋아, 좋아. 뭐 마음껏 비웃으라고. 나도 길 떠나는 사람에게 그 정도 아량은 베풀어줄 수 있으니까."

"돌아가란 말인가?"

"그럴 기회는 줄 수 있지."

"하하하! 오대세가의 다섯 가문이 오랜만에 힘을 모아 강호행을 했는데 빈손으로 돌아갈 거라 생각하는가? 적어도 십자성의 성주 정도는 만나봐야지."

"안 만나는 게 좋을 텐데?"

사혼이 머리를 긁적이며 말했다. 행동은 그래도 진심이 묻어나는 목소리다.

"무슨 의미인가?"

"성주를 만나면 집으로 돌아가는 대신 다른 곳으로 가야 하거든."

"어디로 말인가?"

"저승!"

사혼이 손가락으로 땅을 가리키며 말했다.

"후후, 유령마군 사혼이 새로운 주인을 모시더니 아주 충성스런 개가 되셨군."

남궁산이 비웃었다. 그러자 사혼이 코웃음을 치며 말했다.

"흥, 좋을 대로 지껄여라. 그러나 곧 곡소리를 내며 울부짖게 될 거야. 함부로 날뛰다가는 말이야."

"오늘 오대세가가 십자성을 접수하겠다! 사혼 그대는 새로운 주인에게 우리를 안내하라!"

남궁산이 더 이상 유령마군 사혼과 실랑이를 하고 싶지 않다는 듯 말했다.

그러자 사혼이 차갑게 식은 얼굴로 중얼거렸다.

"내가 오늘 성주의 꼬임에 빠져 늙은 몸으로 싸움터에 나와 불만이 많았는데 생각해 보니 성주께서 이 늙은이 기분을 좀 풀어보란 의미로 내보내신 모양이군. 남궁산, 묻겠다. 그대의 실력으로 날 상대할 용기가 있나?"

사혼의 질문에 남궁산의 표정이 굳었다.

말싸움을 할 때야 생각지 못했지만 상대는 유령마군 사혼이다. 과거 오대세가의 토벌을 받은 흑사회지만 사혼만큼은 오대세가의 가주들도 결국 제압하지 못했다.

그러니 일대일로 겨뤄서 사혼을 제압할 자신은 없는 남궁산이다.

그러나 그렇다고 이 지경에 꼬리를 내릴 수도 없었다. 사실 이기지는 못해도 패하지 않을 자신 정도는 있었다.

"마두의 목을 내 손으로 벤다면 이곳에 온 보람이 있겠지."

남궁산이 중얼거리며 검을 뽑았다. 그러자 그의 곁에서 만파검 이은검이 재빨리 만류했다.

"지금은 홀로 싸울 때가 아니오. 시간이 지날수록 우리가 불리해지오."

"하지만……."

남궁산의 자존심이 검을 거두기 힘들게 했다.

"일거에 몰아붙여 저들을 제압해야 하오. 사실 유령마군을 제외하면 다른 자들이야 오합지졸 아니겠소?"

"그렇기는 하지요."

남궁산 뽑아 든 검을 내리며 중얼거렸다. 그러자 눈치 빠른 사혼이 상대의 생각을 알아채고는 소리쳤다.

"뭐야? 겁먹은 건가? 한 가지 충고하지. 전면전을 하면 너희는 모두 죽는다. 지금 이 진 속에서 너희에게 화살을 겨누고 있는 형제가 일백이 넘어. 섣불리 움직였다가는 모두 벌집이 되고 말 거야. 그것보다는 나랑 겨루는 것이 훨씬 좋은 방책이지. 날 이긴다면 성주님을 만날 수 있을 거다."

"약속할 수 있는가?"

남궁산이 물었다.

"약속하지."

사혼이 순순히 대답했다.

남궁산이 이은검을 바라봤다. 누가 뭐래도 이곳에 온 오대세가 고수들 중 우두머리는 만파검 이은검이었다.

이은검이 잠시 생각에 잠겼다가 남궁산에게 말했다.

"알다시피 유령마군은 신법이 뛰어난 자요. 더군다나 그가 이곳의 진에 통달했다면 진의 도움까지 받을 거요. 쉽지 않은 싸움이란 뜻이오."

"패하지는 않을 겁니다."

"나도 남궁 노사가 패할 거라고는 생각지 않소. 단지 그를 제압하기가 만만치 않다는 뜻이오."

"하지만 지금 전면전을 벌이는 것은……?"

"남궁 노사께 한 가지 양해를 구하겠소."

"말씀하시지요."

"그와 겨루는 중간 틈을 보아 나도 이 싸움에 관여하리다."

"음."

남궁산이 나직하게 침음을 흘렸다.

무림에선 아무리 위급하더라도 일대일의 대결에 타인이 관여하는 것은 금기시되어 있다.

"일의 엄중함을 생각해 주시오."

이은검이 재차 말했다.

그러자 남궁산이 어렵게 고개를 끄떡였다.

"알겠습니다. 그깟 자존심 따위, 큰일에 방해만 될 뿐이지요."

"고맙소. 후일 남궁 노사의 이 결정을 오대세가의 형제들은 칭송할 것이오."

"그럼!"

남궁산이 가볍게 고개를 숙여 보이고는 앞으로 나갔다.

"결심이 섰나?"

사혼이 앞으로 나오는 남궁산에게 물었다.

"물론! 오늘 유령마군 사혼이라는 이름은 무림에서 지워질 것이다!"

남궁산이 호기롭게 말했다.

"흐흐흐, 그렇다면 정말 대단한 일이겠지. 오대세가의 가주들도 하지 못한 일을 해낸 거니까."

사혼이 슬슬 앞으로 걸어 나오며 말했다. 그의 손에도 어느새 한 자루 날카로운 검이 들려 있다. 길이는 그리 길지 않고 검면도 좁아서 쾌검에 적합한 검이다.

사혼이 나서자 남궁산이 진기를 끌어 올리기 시작했다. 금세 그의 눈에 정광이 드리우더니 그의 검에서 한 자 길이의 검기가 생겨났다.

길이가 그리 긴 것은 아니지만 완벽한 모양의 검기였다. 남궁산의 검공이 절정에 올라 있음을 말해주는 검기다.

"과연 대단하군."

"오늘 반드시 당신의 목을 베겠다."

남궁산이 검을 눈높이에서 눕혀 사혼을 겨눴다. 그러자 사혼이 천천히 옆으로 움직이기 시작했다.

그런데 그 작은 움직임만으로도 사혼은 사람들의 눈을 어지럽혔다. 마치 서너 개의 몸이 동시에 움직이는 것처럼 사혼의 모습이 여러 개로 겹쳐 보인 것이다.

"사술이 뛰어나단 소문은 들었지! 그러나 내겐 통하지 않아!"

한순간 남궁산에 허공을 치솟으며 소리쳤다.

"사술이라니, 고명한 신법을 두고!"

남궁산이 날아들자 사혼의 움직임이 더욱 빨라졌다. 사혼의 신형이 뿌옇게 그림자만 남기고 순식간에 장내에서 사라졌다.

서걱!

남궁산의 검이 그 와중에도 사혼의 옷자락을 베어냈다. 놀라운 무공이다. 장내의 고수 대부분은 사혼의 위치도 제대로 찾지 못하고 있었다.

"과연 대단하군!"

사혼의 입에서 진심 어린 감탄이 흘러나왔다. 그러나 그러면서도 허공에서 불쑥 검을 내밀어 남궁산의 목을 노렸다.

"흡!"

남궁산이 당황하며 재빨리 상체를 숙였다.

팟!

사혼의 검이 남궁산의 머리카락 몇 올을 자르고 지나갔다. 조금만 늦었어도 남궁산은 목을 꿰뚫렸을 것이다.

"노마(老魔)!"

머리카락이 잘린 것에 화가 났는지 남궁산이 자세를 낮춘 채 검을 횡으로 휘둘렀다.

웅!

파공음이 일어나는 순간 이미 남궁산의 검은 사혼의 다리를 잘라가고 있었다.

순간 사혼이 가볍게 허공으로 떠오르더니 마치 남궁산의 검기를 따라 이동하듯 허공에서 좌측으로 돌았다. 그야말로 신기에 가까운 신법이다.

순식간에 허공을 타고 돌아 남궁산의 뒤로 간 사혼이 검을 내리꽂았다.

"헉!"

이번에야말로 남궁산의 입에서 제대로 된 다급한 목소리가 터져 나왔다. 동시에 그의 신형이 구르듯 앞으로 뛰쳐나갔다.

파파팟!

민망한 자세로 앞으로 밀려 나가는 남궁산을 따라 사혼의 검이 연신 땅에 꽂혀들었다.

흙이 튀고 나무가 잘렸다. 그럼에도 남궁산은 어렵사리 사혼의 검을 모두 피해냈다.

그리고 한순간 기회를 잡아 허공으로 치솟았다.

"죽어랏!"

남궁산이 허공에서 몸을 틀어 모든 진기를 모은 검을 내려쳤다. 그러자 남궁산의 검에서 일어난 검기가 순식간에 일 장 이상으로 늘어났다.

그뿐이 아니다. 그의 검이 여덟 갈래로 갈라지는 듯한 착각을 일으키며 단번에 사혼을 검의 그물에 가뒀다.

"제길!"

승기를 잡았다고 생각해 잠시 방심한 사혼의 입에서 욕설이 흘러나왔다.

차차창!

사방에서 날아드는 남궁산의 검기를 사혼의 가는 검이 어지럽게 막아냈다. 소란스런 소리가 겹쳐 일어나더니 한순간 남궁산의 검기 중 하나가 쭉 늘어났다.

늘어난 검기가 사혼의 방어막을 뚫고 들어와 그의 심장을 노렸다. 순간 사혼의 모습이 흐릿해지더니 남궁산의 검기가 허공을 갈랐다.

팟!

허공을 가른 남궁산의 검기 끝에 옷자락 한 올이 매달려 있다.

"놈!"

위치를 알 수 없는 곳에서 사혼의 욕설이 들려왔다. 순간 남궁산이 대경하며 몸을 뒤로 젖혔다.

그러자 마치 복수라도 하듯 사혼의 검이 남궁산의 가슴을 훑고 지나갔다.

팟!

실처럼 가는 선혈이 허공으로 떠올랐다.

놀라운 사혼의 신법에 결국 먼저 피를 본 것은 남궁산이었다.

"아예 죽여주마!"

사혼이 뒤로 물러나는 남궁산을 향해 직선으로 파고들었다. 승세를 보아서인지 다른 때와 달리 몸을 숨기지 않은 사혼이었다.

그 순간 싸움을 지켜보고 있던 만파검 이은검의 눈빛이 번쩍였다.

이은검이 허리춤에 손을 대며 한 걸음 앞으로 나섰다. 그리고 다음 순간, 이미 그의 신형은 이 장 높이로 떠올라 사혼의 등을 향해 날아가고 있었다.

"엇!"

"저, 저것!"

십자성의 무인들 사이에서 당황스런 음성이 터져 나왔다.

누구도 예상치 못한 이은검의 기습에 사혼의 등이 고스란히 노출되어 있는 것이다. 더군다나 사혼은 앞에 남궁산이란 강적을 두고 있어 쉽사리 검로를 바꿀 수도 없었다.

"제길, 한 놈은 죽인다!"

사혼이 악을 쓰며 소리쳤다. 그러고는 더욱 사납게 남궁산을 찔러갔다.

그런 사혼의 등 뒤로 이은검의 검이 그의 별호대로 노도처럼 떨어졌다.

그런데 그 순간 갑자기 검은 기운 하나가 이은검을 측면에서 밀고 들어왔다.

"웃!"

이은검이 강풍에 밀리듯 좌측으로 밀렸다. 덕분에 그의 검이 아슬아슬하게 사혼의 옆을 스치고 지났다.

대신 비명은 다른 사람의 입에서 터져 나왔다.

"악!"

남궁산이 사혼의 검에 찔린 채 비명을 지르며 쓰러졌다.

제7장
역습(逆襲)

이은검의 검이 땅을 찍었다. 그러자 땅거죽이 파도처럼 일어났다.

콰아아!

파도처럼 일어난 흙과 돌이 적풍을 향해 밀려들었다. 만파검이라는 이은검의 별호를 증명하는 무공이다.

적풍은 두툼한 청룡검을 들고 자신을 향해 밀려드는 땅을 지켜보고 있었다.

'무림에 나온 이후 제일인가?'

이은검의 검을 보며 적풍은 생각했다. 이런 기이한 검공은 경험한 적이 없었다.

먼지를 일으키는 검법이야 흔하지만 이렇게 지진과 같은 충격을 만들어내는 검공은 독보적이다.

무서운 것은 앞에서 밀려드는 흙과 돌멩이만이 아니었다. 그 뒤에 따라오는 이은검의 검이 진정한 위협이었다.

'아니군. 의천노공 그 늙은이가 있었지.'

적풍이 피식 웃음을 흘렸다. 생각해 보면 아직 강호에서 의천노공과 같은 고수를 만난 적이 없다. 그런 자를 상대했다는 기억이 갑자기 적풍에게 자신감을 불러일으켰다.

그래서 잠시 뒤로 물러나 이 광란의 흙바람을 피할까 하던 생각이 씻은 듯이 사라졌다.

적풍이 검을 들어 올렸다.

물론 사자검을 빼 들면 좋겠지만 사자검을 사용하는 건 언제나 신중해야 하기에 사자검과 함께 제이의 분신 같은 청룡검을 든 적풍이다. 검의 가치로야 사자검에 비할 바 아니지만 청룡검 역시 적풍의 성미에 제법 잘 맞는 검이다.

단웅족에 기거할 때 유령마군 사혼이 삼재검을 전수하며 주었던 검인데 그 검으로 배운 삼류 삼재검법과 달리 검 자체는 제대로 된 것이었다.

손안에 느껴지는 묵직함, 그리고 투박하지만 강렬한 검의 기운이 적풍의 마음을 든든하게 만들어주었다. 사실 어떤 면에선 사자검보다 청룡검이 마음에 더 들었다. 사자검은 검이긴 하지만 주종의 위치가 혼란스런 신병이기 때문이다.

반면 청룡검은 온전히 적풍 자신의 통제하에 있었다.

콰아!

적풍이 청룡검을 내리찍었다. 청룡검이 만들어낸 검기가 밀려드는 땅의 파도 중간에 꽂혔다.

좌아아!

청룡검이 만들어낸 기세가 적풍을 향해 밀려드는 흙먼지를 좌우로 갈랐다. 그러자 그 뒤에서 장검을 들고 날아드는 이은검이 보였다.

이은검은 검으로 만(卍) 자의 형상을 만들며 닥쳐들고 있었는데, 그 만 자가 오른쪽으로 회전하며 강력한 검풍을 일으켜 흙먼지를 밀어내고 있었다.

적풍이 발끝으로 가볍게 땅을 찍었다. 그러자 그의 몸이 밀려드는 흙먼지를 타고 오르듯 허공으로 떠올랐다.

적풍은 이은검보다 높은 곳에 떠오르자 재차 검을 휘둘렀다. 사혼이 전수한 진천벽력검법의 정수가 적풍의 손에서 펼쳐졌다.

콰릉!

검이 만든 압력의 차이가 굉음을 일으켰다. 적풍의 검이 그대로 이은검의 만 자 검기 중앙에 꽂혔다.

순간 이은검의 만 자 검기에 균열이 생겼다.

"네놈은……?"

어느새 맞닿은 검과 검을 사이에 두고 이은검이 의혹 어린 표정을 지었다. 자신의 별호이자 절대검법인 만파검법을 깨뜨린 자가 생각보다 젊었기 때문이다.

더군다나 검에서 느껴지는 힘은 절대 그 나이 또래의 무인이 가질 수 없는 것이었다.

"내가 바로 십자성주야."

적풍이 가벼운 미소와 함께 말했다. 적에게 미소를 지을 여유가 있다는 것에 절망하며 이은검이 경악했다.

"네가?"

"그러니까 죽는 걸 너무 서운해 마시오, 노인장!"

퍽!

한순간 적풍의 발이 이은검의 허벅지를 찼다.

저잣거리의 흑도 무리나 쓰는 수법 같지만 고수들 간의 싸움에서도 힘에 여유가 있을 때 유용한 일수다.

"욱!"

오른쪽 다리가 꺾인 이은검이 비틀거리며 뒤로 물러났다. 그런 이은검을 향해 적풍이 사자처럼 달려들었다.

적풍의 청룡검이 이은검의 어깨를 물어뜯었다.

"악!"

노고수 이은검의 입에서 비명이 터져 나왔다. 누구도 생각지 못한 일이다.

이은검이 비틀거리며 쓰러졌다. 죽지는 않았지만 아마도 평생 검을 들기는 어려울 터였다.

장내의 분위기가 일변했다.

오대세가의 토벌대가 자랑하는 절대고수 만파검 이은검과 남궁세가의 남궁산이 속절없이 꺾이자 십자성 고수들의 사기는 하늘을 찔렀다. 반면 오대세가의 고수들은 자신들이 지옥에 들어왔다는 것을 깨달았다.

"모두 쓸어버려!"

피를 본 유령마군 사혼의 입에서 살기 어린 명이 떨어졌다. 이때만큼은 적풍에게 흑사회를 물려주고 뒤로 물러난 노인이 아니라 과거 강호를 두려움에 떨게 만들던 절대마두의 모습이 드러났다.

누구의 명이든 상관없었다. 이미 전의에 불타고 있던 십자성 고수들은 사혼의 명이 떨어지자 누가 먼저랄 것도 없이 오대세가의 고수들을 공격하기 시작했다.

쐐애액!

화살이 먼저 날아들었다. 진의 유리함을 점하고 있는 십자성 고수들의 입장에선 당연한 선공이었다.

만약 만파검 이은검과 남궁산이 패하지 않았다면 오대세가의 고수들은 이 화살 공격을 큰 피해 없이 막아냈을 것이다.

그들은 하나같이 일류의 경지에 오른 고수여서 날아드는 화살을 쳐내는 것쯤은 가볍게 해낼 수 있는 자들이었다.

그러나 무리 중 제일고수라는 이은검과 남궁산이 무너지자 그들의 마음도 함께 무너졌다. 마음이 무너진 무인은 어린아이의 검도 피할 수 없는 법이다.

"악!"

"큭!"

날아든 화살에 오대세가의 고수들이 속절없이 쓰러져 갔다.

"정신 차려! 진형을 유지해!"

남아 있는 무리의 우두머리인 악삼혼과 당일호가 어떻게든 오대세가 고수들의 동요를 막아보려 했지만 이미 무너지기 시작한 둑을 바로 세울 수는 없었다.

금세 십여 명의 오대세가 고수가 쓰러졌다.

"쳐라! 모두 없애 버려!"

화살 공격으로 큰 이득을 본 십자성의 고수들이 진의 장막에서 뛰쳐나와 도검으로 오대세가 고수들을 공격하기 시작했다. 오대세가 고수들이 적의 기세를 감당하지 못하고 여지없이 무너지기 시작했다.

"안 되겠소!"

당일호가 악삼혼의 곁으로 다가서며 말했다.

"제길!"

쩡!

악삼혼이 두 개의 창을 서로 부딪치며 성을 냈다. 그러나 그라고 이 상황을 역전시킬 뾰족한 방법은 없었다.

"퇴각합시다."

당일호가 냉정하게 말했다.

"퇴각한다 한들 이 진을 벗어날 수 있겠소?"

"그렇다고 이대로 당할 수는 없지 않소?"

당일호가 재촉했다.

그러자 악삼혼이 어쩔 수 없다는 듯 소리쳤다.

"퇴각한다! 어떻게든 진을 벗어나라! 후일 다시 온다!"

악삼혼의 명령이 떨어지자 오대세가의 고수들이 기다렸다는 듯 등을 돌리고 도주하기 시작했다.

"한 사람도 빠져나가서는 안 된다! 모두 죽여!"

도주하는 적들을 보며 유령마군 사혼이 으르렁댔다. 그는 오랜만의 싸움이라 그런지 나이를 잊고 싸움의 광기에 온전히 취해 있었다.

"사부, 진정하시지요."

적풍이 사혼 옆으로 다가서며 나직하게 말했다. 그러자 사혼이 벌겋게 변한 눈으로 적풍을 돌아봤다.

그러고는 겸연쩍은 표정으로 중얼거렸다.

"내가 너무 나섰나?"

"체통을 지키세요. 대십자성의 태상호법께서……."

적풍이 무심하게 대답했다.

"킬킬, 맞아. 그래도 내가 십자성의 뒷방 어른인데 너무 나섰어. 하지만 어쩔 수 없었다. 아주 오랜만에 제대로 분풀이를 했어. 오대세가 놈들, 십 년 묵은 체증이 다 사라졌어! 낄낄!"

사혼이 연신 웃어댔다. 아마도 흑사회를 와해시킨 오대세가 고수들을 베었다는 것에 쾌감을 느끼는 모양이다.

"잘 나왔지요?"

적풍이 다시 물었다.

"그러게. 귀찮을 것 같았는데 괜찮네."

"남궁세가에도 함께 가시렵니까?"

"너 정말 공격할 거냐?"

사혼이 걱정스런 표정으로 말했다.

"그럴 겁니다."

"너무 성급한 것 아니냐?"

"언제든 할 일이지요."

"하지만 오대세가든 북두회든 반격을 받으면……."

"말씀드렸듯이 그들은 쉽게 움직일 수 없습니다."

"그렇긴 하다만… 그래도 그냥 있을 자들은 아니지."

사혼은 여전히 이 길로 남궁세가를 공격하는 것에 반대했다.

"그렇게 걱정되시면 적당한 선에서 멈추지요."

"적당한 선?"

사혼이 되물었다.

"애초에는 남궁세가를 전멸시킬 생각이었습니다만……."

"야, 이 미친놈아! 정말 그게 가능하다고 생각하는 거냐? 남궁세가가 괜히 남궁세가인 줄 알아! 천 년을 넘게 이어온 문파야!"

"하려면 못 할 것도 없죠. 하지만 이번에는 적당히 인사만 해두지요. 냉정한 경고와 함께 말입니다. 우리 권역을 침범한 대가가 어떤 건지 강호에 보여주는 정도에서. 중요한 것은 십자성의 힘을 강호에 보여주는 것이니 우리도 큰 손실을 감수할 필요는 없습니다."

"결국 목적은 그거였군."

사혼이 고개를 끄떡였다.

"남궁세가를 공격해 그들을 굴복시키고, 이후에도 오대세가나 북두회의 반격이 제대로 이뤄지지 않으면 십자성을 찾아드는 문파나 고수들의 수준이 달라질 겁니다. 그 세력을 잘 규합하면 얼추 북두회나 지왕종문과 견줄 힘을 가질 수 있겠지요."

"음, 그런 의미라면 시도할 만하지."

사혼이 고개를 끄떡였다.

"그럼 이제 함께 가시렵니까?"

적풍이 다시 물었다.

"아니다. 난 이곳에 있으련다. 십자성 인근에서라면 모를까, 강호에 나가 전면에 나서는 건 좋지 않아. 흑사회란 이름을 버린 이유가 그거 아니냐?"

"답답하지 않으시겠어요?"

"이곳에서도 할 일이 많다. 사실 우릴 찾아오는 자들은 하나같이 불한당이라서 그들을 제대로 된 십자성의 식구로 만드는 것이 그리 녹록한 일이 아니다. 그런 일에는 나나 부회주 같은 사람이 필요한 법이지."

"다행입니다. 사부와 사숙이 있어서."

"언제부터 마도충이 네 사숙이냐?"

사혼이 오대세가 고수들을 주살하는 데 정신이 빠져 있는 마도충을 보며 물었다.

"그게 부회주보다는 낫지 않습니까? 마음을 얻는 데는."

"흐흐흐, 무식하게 힘만 센 줄 알았는데 그보다 더 무서운 것이 네놈의 두 근 머리였구나."

"힘으로만 세상을 얻을 수는 없지요."

"아이쿠, 그리 큰 깨달음을 어찌 얻었을꼬?"

사혼이 놀리듯 말했다.

"힘으로만 모든 일을 하려다가 허무하게 죽은 사람을 알거든요."

"누구?"

사혼이 물었지만 적풍은 더 이상 대답하지 않았다. 그 사람이 자신의 아버지 전마 적황이란 사실 영원히 비밀이어야 했다.

싸움은 반나절을 넘지 않았다.

십자성을 찾은 오대세가의 고수 중 살아 돌아간 자는 없었다. 대신 십자성 깊은 곳에 십여 명의 오대세가 고수가 갇혔다.

한쪽 팔을 잃은 만파검 이은검 역시 그중 하나이다. 남궁산 역시 목숨은 부지했다. 그러나 그는 사혼에게 지독하게 당해 뇌옥에서도 사경을 헤매고 있었다. 만약 살아난다 해도 사람 구실 하기는 어려운 지경이었다.

악삼혼과 당일호 역시 큰 부상을 입고 사로잡혔다.

그들은 십자성의 뇌옥에 갇힌 채 죽음과 삶의 기로에서 십자성의 처분을 기다리는 처지가 되고 말았다.

철렁!

햇빛조차 들지 않는 뇌옥의 철문이 열렸다.

저벅저벅!

여러 사람의 발걸음 소리가 들리자 뇌옥에 갇힌 자들의 시선이 일제히 그쪽으로 향했다.

이은검 정도는 모르지만 다른 자들은 죽음의 공포에서 자유롭지 않았다. 다가오는 발걸음 소리가 저승사자의 걸음 소리처럼 소름 끼쳤다.

"모두 몇이냐?"

철장 밖에서 젊은 사내의 목소리가 들렸다.

이은검이 시선을 돌려 사내를 살폈다. 그는 어둠 속에서도 금세 사내를 알아봤다. 어찌 모르겠는가. 자신의 팔을 자른 자를.

"모두 열 명입니다."

적풍의 옆에서 우마가 대답했다.

"음, 생각보다 많군."

"어쩔까요?"

"글쎄… 어쩌면 좋겠어? 필요한 건 한두 명인데."

그때 문득 이은검이 급히 입을 열었다.

"할 말이 있다."

이은검의 말에 적풍이 이은검을 바라봤다. 팔이 잘린 중상을 입었음에도 이은검의 눈빛은 형형했다. 과연 무림의 절대고수다운 기도다.

"뭔가?"

진정한 무인에 대한 대접 정도로 생각하며 적풍은 이은검의 말에 반응했다.

"우리 늙은 사람들은 죽어도 좋다. 그러나 우릴 따라온 아이들은 살려달라. 그 아이들은 잘못이 없다. 그저 명에 의해 우리를 따라왔을 뿐이다."

이은검의 말에 적풍이 차갑게 대꾸했다.

"당신도 그게 그들을 살려줄 이유가 되지 않는다는 것은 잘 알 텐데?"

그러자 이은검이 입술을 깨물었다. 적풍의 말대로다. 오대세가의 젊은 후기지수들을 살리기에는 턱없이 부족한 이유다.

"원하는 것을 들어주겠다."

이은검이 말했다.

"노사, 그러실 필요 없습니다! 우리도 죽겠습니다! 저런 마인들에게 고개를 숙이시다니요!"

오대세가의 젊은 무인 중 하나가 소리쳤다.

"닥쳐라! 어리석은 놈! 목숨이란 게 그리 하찮은 것인 줄 아느냐?"

이은검의 호통에 젊은 무사가 눈물을 흘리며 입을 닫았다.

"어쩌지? 난 당신에게 원하는 게 없는데?"

적풍이 뒤늦게 대답했다.

"이 아이들을 살려 보낸다면 오늘의 일에 대한 책임을 묻지 않게 하겠다."

"책임?"

적풍이 고개를 갸웃했다.

"만약 우리 모두를 죽인다면 결국 오대세가 전체가 이곳으로 몰려올 것이다. 그래서는 아무리 절진의 보호를 받는다 해도 파멸을 피할 수 없다는 걸 알 것이다. 이 아이들을 돌려보내 주면 오늘의 일을 묻어두는 것에 더해 흑사회, 아니, 십자성의 생존을 약속하겠다."

"뭘 잘못 알고 있군."

적풍이 귀찮다는 듯 말했다.

"무엇을 말이냐?"

"우리가 겨우 살아남기 위해 이런 준비를 했을 것 같은가?"

"……?"

"우린 말이야, 내일 이곳을 떠나 남궁세가로 갈 거다. 가서 남궁세가를 굴복시킬 생각이지. 어떤가?"

"너희들 따위가 감히 본 가를 공격해?"

갑자기 젊은 무인 하나가 소리쳤다.

"보자. 본 가라고 했으니 남궁세가 사람인 모양이군."

"그렇다! 난 대남궁세가의 제자 남궁유룡이라 한다!"

젊은 사내가 호기롭게 대답했다.

그러자 적풍이 고개를 돌려 우마에게 물었다.

"아는 이름이야?"

"예."

우마가 특별한 눈으로 남궁유룡을 보며 대답했다.

"어떤 잔데?"

"남궁세가의 후계자 후보 중 하나입니다. 후기지수 중에서 세 손가락 안에 들고 가주의 혈육이죠."

"그래? 생각보다 좋군."

"그런 듯합니다."

우마가 대답했다.

"저자로 하지."

"알겠습니다. 너, 나와!"

우마가 검을 들어 남궁유룡을 가리켰다. 그러자 남궁유룡이 노한 목소리로 소리쳤다.

"내가 네놈들 말을 들을 것 같으냐?"

"순순히 말로 할 때 나와! 서로 피곤하게 하지 말고!"

우마가 차가운 눈빛을 흘리며 말했다. 그러나 남궁유룡은 입술을 꽉 다물고 움직일 생각을 하지 않았다.

"젠장, 곱게 대해주려고 했더니! 열어!"

우마의 말에 옥을 지키던 무사가 옥문을 열었다. 우마는 안으로 들어가 쇠줄 하나를 집어 들었다.

"일어나!"

우마의 손속이 거칠다. 쇠줄을 잡은 손에 힘을 주자 남궁유룡이 힘없이 딸려 왔다.

혈도를 제압당해 공력을 쓸 수 없는 남궁유룡으로서는 속수무책이었다.

"이놈! 모욕하지 말고 죽여라!"

남궁유룡이 우마를 노려보며 소리쳤다.

"입 닥치고 조용히 해. 다시 한 번 입을 열면 그땐 혀를 뽑아 버리겠다. 듣자 하니 몇 해 전 네놈들이 흑사회를 공격할 때 사로잡은 형제들을 그리 대했다며? 그대로 해줄까?"

우마가 물었다. 그러자 남궁유룡의 눈에 얼핏 두려움이 스치고 지나갔다.

어릴 때였지만 남궁유룡도 오대세가가 흑사회를 토벌할 때 한 일들을 알고 있었다.

마인들의 팔다리를 자르고 견디기 힘든 고통 속에 죽어가게 한 것을 가문의 어른들이 자랑스레 이야기하지 않았던가. 그 일을 자기 자신이 겪는다고 생각하니 소름이 끼쳤다.

우마가 비웃음을 흘렸다.

"그러니까 말이야, 쓸데없는 호기 부리지 마. 내 생각에 잘하면 넌 살 수 있을 것도 같아."

우마의 말에 남궁유룡이 부르르 몸을 떨 뿐 달리 대꾸를 하지 못했다.

"한 명 더 데리고 나와."

옥문 밖에서 적풍이 말했다. 그러자 우마가 오대세가 사람들 중에서 젊은 자 한 명을 더 일으켜 세웠다. 그러고는 두 사람을 묶고 있는 쇠줄을 말아 쥐고는 짐승처럼 두 사람을 옥문 밖으로 끌어냈다.

"그들을 어디로 데려가는 것이냐?"

이은검이 옥문 앞으로 달려들며 물었다.

"걱정 마라. 이들은 집으로 돌아가게 될 거다. 우린 길잡이가 필요하거든. 더불어 놈들의 약점을 노릴 수도 있겠지."

"이, 이놈들! 남궁세가를 공격하려는 것이 정말이구나!"

이은검이 너무도 대범한 십자성의 계획에 당황한 표정으로 소리쳤다.

"이봐, 만파검 나리. 곧 당신의 본가인 요동검가도 구경시켜 줄 테니 죽지 말고 기다리라고."

우마가 빙글거리며 대답했다.

"네, 네놈들이!"

이은검이 노한 눈으로 우마를 노려봤다. 그러자 적풍이 중얼거렸다.

"생각해 보니 그렇군. 이자들을 죽일 필요가 없겠어. 오대세가를 공격할 때마다 유용하게 써먹을 수 있을 것 같군. 살려두자고."

"후후, 그게 바로 제 생각입니다, 형님."

우마가 가볍게 웃음을 흘리며 대답했다.

*　　　*　　　*

십자성에 세 개의 조직이 만들어졌다. 오대세가를 상대하기 위해 나누었던 백여 명의 고수가 그 뼈대를 이룬 조직이었다. 우마는 사혼과 마도충의 조언을 얻어 세 개 조직의 이름을 지어 적풍에게 올렸다.

제일대는 비마대라 칭했다. 빠르고 날랜 자들 중 살검에 능한 자들을 불러 모아 만들었고, 우마가 통솔했다.

제이대는 무풍대라 칭했다. 십자성에서 가장 무공이 강한 자들을 모았다. 대주는 낭왕 준갈이 맡았는데, 혈랑대를 이끈 경험으로 인해 그가 무풍대의 대주가 되는 것에 반대한 사람은 없었다.

자연스럽게 대발과 율사 두 혈랑대 출신 고수는 무풍대에 속해 낭왕 준갈을 보필하게 되었다.

제삼대는 태산대라 불렀다. 비마대와 무풍대가 강호에 나가 적과 싸우는 조직이라면, 태산대는 뒤에 머물며 십자성의 본류를 지켜 나가는 임무가 주어졌다. 다시 말해 십자성의 뿌리와 같은 역할을 해는 조직이다.

그래서 그 조직의 수장 역시 십자성의 뿌리인 두 노고수가 맡았다.

늙은 나이에 제자 놈 뒤치다꺼리나 해야 하느냐고 투덜거리기는 했으나 어쨌든 태산대를 이끌 사람은 유령마군 사혼과 마도충이었다.

단웅족에서부터 사혼을 따라온 무투와 이산해, 그리고 흑웅은 자연스럽게 태산대에 속해 사혼의 곁에 머물게 되었는데, 기실 이 세 사람은 최근에 들어 십자성에서도 무척 유명한 인물이 되어가고 있었다.

사혼은 십자성이 만들어지고 할 일이 없어지자 하루도 빼놓지 않고 이 세 사람을 불러들여 무공 전수에 열을 올렸다. 그래서 단웅족을 떠날 때는 그저 용맹한 야인 무사이던 자들이 이젠 십자성에서도 손꼽히는 고수로 성장해 가고 있었다.

그리고 그 세 개의 조직이 미처 안정되기도 전에 적풍이 성을 떠났다.

휘이잉!

바람이 부는가 싶더니 연무가 흩어졌다. 투명한 공기와 맑은 하늘, 그리고 시원하게 뚫린 시야가 일행을 맞았다.

"좋군요."

연무 속을 걸은 것이 답답했는지 우마가 큰 숨을 들이마시며 말했다. 일행은 드디어 십자성 주변에 펼쳐진 미류진을 벗어난 것이다.

"남궁세가까지는 얼마나 걸리지?"

"안휘에 있는데 열흘 안에 도착할 겁니다."

"뱃길로 갈까?"

"글쎄요. 안휘까지야 빠르겠지만 해안에 도착해서는 다시 육로를 타야 하니까 별 차이 없겠는데요?"

우마가 고개를 갸웃하며 말했다.

"그래? 그럼 굳이 배를 탈 필요 없지. 야문에 연락해."

"야문도 동원하시려고요?"

"싸움에 동원할 수는 없지. 대신 야문을 통해 남궁세가의 사정을 파악하고 우리가 은밀히 남궁세가 근처에 도착할 수 있게 도움을 얻을 수는 있을 거야."

"알겠습니다."

우마가 대답하고는 급히 전서구를 준비해 날렸다.

"무풍대와의 거리가 중요해."

적풍이 다시 말했다.

"이틀 이상 떨어지지 않을 겁니다. 그런데 정말 가능할까요?"

우마가 물었다.

"지면 우리 꿈도 사라진다."

적풍이 무심하게 대답했다. 우마는 그런 적풍의 모습에서 서늘한 기운을 느꼈다. 보기와 달리 적풍이 이 일에 자신의 모든 것을 걸고 있다는 것을 깨달았기 때문이다.

"그러면 안 되죠."

우마가 일부러 투박하게 말했다. 분위기가 금세 누그러졌다.

"가까이 와봐."

적풍이 우마를 불렀다. 그러자 우마가 적풍의 곁으로 바싹 다가섰다.

"무공은 어때?"

적풍이 낮은 목소리로 물었다.

"그게 참 신기하지요? 형님과 함께 수련한 이후 무공이 놀랄 정도로 진보하고 있어요."

"그래? 역시 그렇군."

"이유를 아시는 겁니까?"

"짐작 가는 일은 있지. 하지만 확실하지 않으니 지금은 말해줄 수 없어."

적풍은 이 일이 모두 사자검의 기운 때문이라고 생각하고 있었다. 근거는 충분했다.

낭왕 준갈 역시 적풍을 만난 이후 그 무공이 크게 진보해서 드러내지는 않지만 유령마군 사혼이나 마도충에게도 그리 위압감을 느끼는 않는 모습이다.

그런 무공의 진보란 것은 무림의 상식을 뒤엎는 것으로 특별한 기연이 없으면 불가능한 일이다.

그런데 낭왕 준갈이나 우마에게 일어난 변화란 적풍이 나타났다는 것뿐이다.

그렇다고 적풍이 직접 그들의 무공 수련을 도와준 것도 아닌 이상 결국 사자검이 적풍에게 그러했듯 그들의 내면에 잠재된 신혈의 기운을 깨우는 데 자극이 되고 있는 것이 분명했다.

'그 빌어먹을 노인은 이 사실을 알까?'

적풍은 빙그레 미소를 지었다. 의천노공 우서한이 떠올랐기 때문이다.

만약 그가 사자검이 그 주인인 적풍만이 아니라 그 기운이 미치는 다른 신혈족의 기운도 깨울 수 있다는 것을 알았다면 절대 적풍에게 사자검을 내어주지 않았을 것이다.

지금이라도 이 사실을 알게 된다면 당장 달려와 사자검을 회수하려 할지도 몰랐다. 그러니 이 사실은 끝까지 비밀이어야 했다.

"이번에 재주들을 보여봐."

적풍이 말했다.

"신혈의 힘을 드러내지 않는 선에서 말이지요?"

"그래. 남궁세가에선 특히 조심해야 해. 알아보는 자들이 있을 수 있어. 그들이야말로 북두회의 일원이니까."

"알겠습니다. 그래서 기습을 택하지 않았습니까? 어둠이 우리의 존재를 감춰줄 겁니다."

"그러길 바라야지. 아무튼 이번에 제대로 힘을 보여줘서 십자성 내에 우리의 힘과 야망에 대해 의구심을 품은 자들을 완전히 복종하게 만들어야 해."

"알겠습니다."

"특히 낭왕이 중요해. 그가 무풍대의 대주가 된 것은 몰라도 그의 무공에 대해서는 의심하는 자들이 있으니까."

"북방의 마적 출신이니까요."

"그렇긴 하지."

"이번 싸움으로 모든 게 변할 겁니다. 계획대로만 된다면."

우마의 얼굴에 단호한 빛이 서렸다.

"가자고!"

적풍의 말에 우마가 주변에 흩어져 휴식을 취하고 있는 비마대의 고수들에게 명을 내렸다.

"출발한다!"

우마의 명이 떨어지자 비마대의 고수들이 바람처럼 빠르게 산을 내려가기 시작했다.

* * *

한줄기 강줄기가 미려하게 산을 돌아 흐르고 있다. 버들가지가 바람에 춤추는 곳에 작은 포구가 있고, 그 포구로부터 잘

닦인 너른 길이 벌판과 숲을 뚫고 이어져 있다.

그리고 멀리 합비의 고성이 보이는 곳에 성보다 크고 오래된 거대한 장원이 자리 잡고 있다.

남궁세가다.

그 연원을 알 수 없는 시절부터 이어져 온 강호의 절대명문, 수십 번의 위기에서도 끈질기게 살아남아 어느 시대든 그들의 이름이 강호사에서 잊힌 적이 없는 문파이다.

그 세월 동안 장원에서 바라보이는 강줄기조차 몇 번 그 흐름을 바꿨다던가.

의구하는 것은 산천이 아니라 사람이라는 말을 만든 문파, 천하의 남궁세가가 오늘은 어둠에 휩싸이고 있었다.

탁탁탁!

빠르고 규칙적인 발걸음 소리가 들린다. 그리고 모두의 예상대로 대전의 문이 열렸다.

청의 무복을 차려입은 날렵한 자가 대전으로 날아들어 십여 명의 노고수에게 머리를 숙였다.

"아직도냐?"

노고수 중 가장 중앙에 앉아 있는 자가 물었다.

"그렇습니다."

"어찌 된 일인가? 벌써 소식이 끊긴 지 열흘이 넘었는데."

"가주, 사람을 더 보내야 하는 것 아닙니까?"

다른 노인이 물었다.

그러자 처음 입을 연 노인이 고개를 저었다.

"아우, 쉽지가 않네. 지왕종문의 움직임이 심상치 않다는 전갈이 간밤에 도착했어."

"아하, 마침 이때에……."

노인이 탄식을 흘렸다.

장내의 노인들 얼굴에도 수심이 가득하다. 그도 그럴 것이, 필승을 자신하고 보낸 오대세가의 고수들로부터 연락이 끊겼기 때문이다.

대전에서 토벌대를 걱정하는 이들이야말로 안휘의 실질적 주인이라는 대남궁세가의 수뇌다. 처음 입을 연 자가 가주 남궁천, 그리고 그와 이야기를 나눈 자가 남궁천의 바로 아래 아우인 남궁하이다.

본래 남궁천에게는 그를 포함해 네 명의 형제가 있었다. 전대 가주인 그의 아버지는 네 아들에게 천, 하, 강, 산이라는 이름을 지어주었다.

그 이름에서 알 수 있듯이 전대 가주 남궁묘는 네 아들에 대한 기대가 무척 컸다. 네 아들이 천하를 남궁세가의 품에 가져올 것이라 믿으며 숨을 거뒀을 정도이다.

그의 기대대로 네 아들은 천하에 남궁세가의 이름을 떨쳤다. 적어도 한 가지 사건이 터지기 전까지는 남궁세가가 정파의 주인이 될 것이란 소문이 파다할 정도였다.

그런 그들의 기세를 꺾은 것이 바로 전마가 이끄는 검은 사자들이었다. 그들이 광풍처럼 남궁세가를 덮쳐 세가의 가보를 탈취해 간 일은 수백 년 남궁세가의 역사에서 손꼽을 만한 수

치였다.

이후 무림의 추적대를 주도적으로 조직하고 북방의 월하선봉까지 검은 사자들을 추격했으나 그곳에서도 남궁세가의 명예는 회복되지 않았다.

전마를 죽인 명예는 모두 의천노공 우서한에게 돌아갔고, 전마와 검은 사자들에 농락당한 칠가는 이후 북두회를 세워 세상에 숨어 사는 이골마족을 찾아 죽이는 것으로 그 분풀이를 대신했던 것이다.

그런데 작금에 들어 다시 남궁세가의 명성을 위협하는 일들이 일어나고 있었다.

지왕종문의 등장은 말할 것도 없고, 무림의 먼 변경이랄 수 있는 절강의 낡은 고성 십자성이 계속 세가의 신경을 거슬리고 있었다.

고수를 파견한 것이 두 번, 그러나 그 두 번 모두 십자성으로 간 고수들에게서 약속이나 한 것처럼 소식이 끊겼다.

더군다나 두 번째로 파견된 고수들은 오대세가의 정예 고수였다. 숫자도 그리 적지 않은 오십. 그 정도라면 웬만한 강호의 문파는 멸문시킬 수 있는 전력이다.

그런데 그들조차도 연락이 끊겼다. 그리고 이런 경우는 결코 좋은 소식을 기대할 수 없었다.

"어쨌든 사람을 더 보내긴 해야지요."

침묵하고 있던 남궁강이 입을 열었다. 그는 절강성에 파견한 남궁산과 특히 가까운 형제였다.

"누굴 보내면 좋겠나, 아우?"

남궁세가주 남궁천이 물었다.

"제가 가지요."

남궁강이 대답했다.

"그건 안 되네. 지금은 자네가 세가를 비울 수 없어."

"하지만 막내 아우의 안위가 걸린 문제입니다."

"음, 그렇긴 하지만 조만간 자넨 나와 북두회로 가야 하네. 둘째는 이곳을 지켜야 하고."

"그럼 누굴 보낸단 말입니까?"

남궁강이 따지듯 물었다.

"아무래도 숙부님들을 뵈어야겠네."

남궁천이 말했다.

"그분들까지요?"

남궁하가 놀란 표정으로 물었다.

"단독으로 움직여 십자성의 사정을 알아볼 수 있는 능력을 지닌 사람은 그분들밖에 없네."

"하지만 그분들이 움직이실까요?"

"다른 분들은 몰라도 사숙께서는 가주실 걸세. 넷째를 아끼지 않으셨는가?"

"그렇군요. 그분이라면……."

남궁하가 고개를 끄떡였다.

그런데 그때였다. 갑자기 문밖이 소란스러워지더니 중년 사내 한 명이 고하지도 않고 안으로 뛰어들었다.

"무엄하다! 무슨 짓이냐?"

남궁강이 노한 목소리로 소리쳤다.

"크, 큰일 났습니다!"

"도대체 무슨 일인데 이리 호들갑이냐?"

"유룡 공자께서 돌아오셨습니다."

"뭣! 유룡이?"

남궁세가주 남궁천이 자리를 박차고 일어났다.

"그렇습니다. 그런데……."

"썩 고하지 못할까?"

"그것이… 다른 자들에게 잡혀서……."

"뭐라? 잡혀?!"

남궁강이 무슨 말도 안 되는 소리냐는 듯 되물을 때 갑자기 어둠 저 멀리에서 고함과 비명 소리가 동시에 들려왔다.

"악!"

"기습이닷!"

갑작스런 소리에 장내의 사람들이 당황한 채 시선을 대전 밖으로 돌렸다. 그러자 장원의 정문 쪽에서 큰 불길이 솟구치는 것이 보였다.

"어떤 놈들이 감히!"

남궁천의 눈에 살기가 흐른다. 그러다 이내 침착함을 회복하고는 남궁유룡의 소식을 가져온 자에게 물었다.

"어떤 자들이 유룡을 데려왔느냐? 장원을 공격한 자들이냐?"

"그, 그것이… 분명 유룡 공자를 말 위에 묶어 데려온 자는 세 명에 불과했습니다. 그런데……."

사내가 자신도 어찌 된 일인지 모르겠다는 듯 당황한 표정으로 고개를 돌렸다.

"간교한 자들이로다! 유룡을 데려와 정문을 지키는 경비무사들을 당황시키고 그 틈에 기습을 했구나!"

남궁천이 이를 갈며 말했다.

"어찌하오리까?"

남궁하가 물었다. 그러자 남궁천이 차갑게 대답했다.

"뭘 어찌한단 말인가? 감히 본 가를 건드린 대가가 어떠한지 가르쳐 줘야지! 온 자들은 물론 놈들과 연관이 있는 자는 모두 죽여 버리겠다! 감히 본 가를 건드린 업이 얼마나 무서운 것인지 지옥에서도 후회하게 만들어주겠다!"

제8장
한밤의 혈전

우마가 이끄는 비마대는 폭풍처럼 남궁세가를 덮쳤다. 워낙 빠른 자들이라 남궁세가의 고수들은 비마대의 인원조차 제대로 파악할 수 없었다.

폭풍같은 비마대의 공격은 한곳에 머무르지 않았다. 만약 그들의 공격이 한곳에 집중되었다면 남궁세가의 고수들은 전력을 한곳에 모아 막아낼 수도 있었다. 그러나 비마대의 행보는 도저히 예측할 수가 없었다.

"와아!"

멀리서 연이어 함성 소리가 일어났다.

적풍은 날카로운 눈으로 남궁세가의 장원을 바라보고 있었다. 수백 년, 혹은 천 년의 세월을 이어왔을 아름다운 장원이 불길에 휩싸이고 있다.

"아쉬운 일입니다."

쿠샨이 적풍 옆에서 입을 열었다.

쿠샨은 십자성에서 애매한 위치에 있는 사람이다. 원 황실의 수호자이던 그는 십자성의 일원도 아니고 그렇다고 외인도 아닌 자리에서 적풍을 따르고 있었다.

일단 그는 스스로 적풍을 주군으로 섬기는 사람이라고 말하고 다녔지만 십자성의 요직을 맡아줄 것을 제안했을 때는 또 단칼에 거절했다. 그때 적풍이 그에게 언젠가는 십자성을 떠날 거냐고 물었더니 애초부터 십자성에는 들지 않았다고 대답했다.

그러니까 적풍은 따르되 십자성의 일원은 되지 않겠다는 의미인데 적풍이 십자성의 주인인 이상 앞뒤가 맞지 않는 말이다.

그러나 적풍은 또 순순히 그의 말을 받아들였다. 적풍에게도 쿠샨은 다른 사람과는 다른 좀 별스런 존재로 느껴졌기 때문이다.

가끔은 이렇게 세력 밖에서 자신들을 차분한 시선으로 봐줄 수 있는 사람이 필요하다고 생각했기도 했다.

"대도(大都)도 저러했소?"

적풍이 물었다.

원의 몰락을 상징하는 연경에서의 패배를 자신의 눈으로 목격한 쿠샨이다.

"비교할 수 없지요. 아마 백배는 더 장엄했을 겁니다."

"장엄이라……. 원의 사람이던 그대가 그런 말을 하니 이상하구려."

"제가 비록 원 황실을 도운 사람이기는 하나 그들에 속한 사람은 아니었습니다. 그러니 그들의 패망을 그리 안타까워할 이유는 없지요."

"냉정하시구려."

"그들도 서운치 않을 겁니다. 대우야 좋았지만 늘 나를 이방인으로 대했으니까요."

"음, 그건 십자성에 대해 느끼는 감정과 같은 것이오?"

적풍이 쿠샨을 돌아보며 물었다.

"지금은……."

긍정이다. 물론 그렇다고 적풍의 기분이 상하지는 않았다. 외려 그런 쿠샨에게 더 믿음이 가는 적풍이다.

그때 쿠샨이 다시 말했다.

"무풍대가 움직여야 할 때인 듯싶습니다."

쿠샨의 말에 적풍이 시선을 돌렸다. 남궁세가의 북쪽 후원에서 일단의 고수가 몰려나오고 있었다.

몸을 날리는 품새가 심상치 않은 것으로 보아 이제야말로 제대로 된 남궁세가의 고수들이 모습을 드러낸 것 같았다. 적풍과 십자성을 나설 때 비마대와 이틀 거리이던 시간을 좁혀 어느새 적풍의 곁에 와 있는 무풍대를 움직여야 할 때인 것이다.

"낭왕!"

적풍이 준갈을 불렀다.

"예, 주군!"

준갈이 오 장 밖에서 대답했다,

"무풍대를 움직인다."

"알겠습니다. 모두 준비하라!"

준갈이 긴장한 표정으로 어둠 속에서 전의를 불태우고 있는 무풍대의 고수들에게 명했다.

그러자 무풍대의 고수들이 신속하게 낭왕의 말에 따라 도열했다. 적풍이 그들을 향해 다가갔다.

"잘 들어라. 상대는 강호의 명문 남궁세가이다. 그러니 한 치의 실수도 있어서는 안 된다. 죽음이 두려워 대열을 이탈하는 자는 스스로 죽게 될 것이다. 그러나 대열을 유지하는 자는 반드시 살아남을 것이다. 명심하라!"

"예, 성주!"

무풍대의 고수들이 일제히 대답했다.

스릉!

적풍이 사자검을 두고 청룡검을 뽑아 들었다.

오늘은 신혈족의 적풍이 아닌 십자성의 성주 유괴의 시간이다. 십자성의 유괴에겐 사자검보다 청룡검이 더 어울렸다.

"가자!"

적풍이 명과 함께 앞서서 말을 달려 나갔다. 그러자 그를 따라 십자성 무풍대의 고수들이 일제히 야산 아래로 말을 몰아가기 시작했다.

"정말 닮았어! 마치 다시 그를 보는 것 같아!"

남궁세가를 향한 적풍의 질주를 보며 쿠샨이 중얼거렸다.

"누굴 닮았다는 겁니까?"

낭왕 준갈의 사람이어서 무풍대에 속하게 되었지만 이런 진격은 꺼려해 뒤에 남은 율사가 물었다.

"그런 사람이 있네."

쿠샨이 대답했다.

"예전부터 궁금한 거였는데… 혹시 성주님의 과거를 아십니까?"

"글쎄… 약간은."

쿠샨이 대답했다.

"비밀입니까?"

"자네도 알 텐데?"

"신혈 말입니까?"

"음……."

쿠샨이 고개를 끄떡였다.

"그것 말고도 더 있는 것 같은데?"

"있다고 해도 그 이상 아는 것은 위험하네. 우리 모두에게. 가끔은 의문을 참아야 한다는 것은 자네도 잘 알고 있으리라 생각하네."

"말씀해 주실 생각이 없군요."

"잘 봤네."

쿠샨이 단호하게 대답했다. 그러고는 그 자신도 말을 몰기 시작했다.

"정말 말해줄 생각이 없으신 게군."

금세 거리가 멀어진 쿠샨을 보며 율사가 중얼거렸다.

콰릉!

가뜩이나 비마대의 기습으로 망가져 있던 남궁세가의 정문이 완전히 박살 났다.

적풍이 청룡검을 들어 박살 낸 문을 따라 무풍대의 고수들이 들이닥쳤다.

"동쪽으로!"

적풍이 무풍대의 진로를 결정했다.

진영의 형태는 사진(蛇陣)의 모습을 하고 있었다. 적풍이 움직일 때마다 그 뒤를 따르는 무풍대의 고수들이 뱀의 꼬리처럼 움직였다.

막아서는 적은 없었다.

남궁세가의 내로라하는 고수들은 이미 비마대를 상대하느라 정신이 없었다. 그러니 새로 나타난 무풍대에 대응하는 자는 찾아보기 힘들었다.

이런 기습이 가능한 것은 확실히 지왕종문 때문이라고 할 수 있었다. 세가의 고수 태반이 북두회에 나가 있는 상황이기에 남궁세가의 전력은 평소의 오 할에도 미치지 못했다. 그러나 그 오 할의 전력으로도 남궁세가는 강했다.

"악!"

멀리서 비명 소리가 들린다.

적풍은 직감적으로 그 비명이 비마대의 것임을 알아챘다. 드디어 기습의 이득이 다해가고 있었다.

"핫!"

적풍이 말에 박차를 가했다.

일단 적에게 제지되었다면 비마대는 한순간에 전멸할 수도 있었다.

"감히 남궁세가를 침입하다니! 모두 죽여 버렷!"

살벌한 소리가 앞쪽에서 들려왔다.

적풍이 고개를 들어보니 청색 무복과 흰색 무복을 입은 자들이 좌우에서 비마대를 공격하고 있었다.

양쪽 길이 막힌 비마대는 가운데 몰려 악전고투하고 있었는데, 이미 쓰러진 자도 여럿 보였다.

"날 따라와!"

적풍이 낭왕 준갈에게 소리치고는 청색 무복을 입은 남궁세가 고수들 쪽으로 돌진했다.

"오옷!"

등 뒤에서 준갈의 괴상한 외침이 들려온다. 말을 타고 적진을 달리니 초원에서 혈랑대주로 살던 때가 생각난 모양이다.

"이놈들!"

갑작스레 나타난 적풍과 무풍대를 보며 남궁세가의 고수들이 달려들었다. 순간 적풍의 청룡검이 허공을 갈랐다.

팟!

한 줄기 선혈이 터져 나오더니 가장 앞에 있던 남궁세가의 고수가 그대로 쓰러졌다.

뒤를 이어 적풍이 갈대를 베듯 남궁세가의 고수들을 베어 넘기기 시작했다.

"와아!"

적풍과 무풍대의 등장이 위기에 처해 있던 비마대의 사기를 되살렸다. 그들이 다시 유령처럼 움직이며 남궁세가 고수들의 허점을 노리기 시작했다.

적풍의 청룡검이 다시 검기를 뿜어냈다. 그러자 남궁세가의 고수 서넛이 한 번에 밀려나며 땅 위에 나뒹굴었다.

"놈!"

적풍의 무지막지한 위력에 남궁세가의 무사들이 흔들리자 남궁강이 적풍을 막아섰다.

휘류륭!

남궁강의 검이 공기의 와류를 일으키며 적풍의 청룡검을 휘감았다. 묵직한 진기의 기운이 적풍의 손에 전달된다. 남궁세가의 절정고수 중 한 명인 남궁강의 무공은 목숨이 위태로운 부상을 입은 채 십자성에서 잡혀 있는 남궁산보다도 강해 보였다.

그러나 적풍은 이제 굳이 신혈족의 신력을 끌어내지 않아도 남궁강 정도의 고수는 너끈히 상대할 수 있는 경지에 올라 있었다. 더 이상 사자검도 필요 없었다.

적풍이 검을 아래로 내리그었다.

파직!

비단천이 찢기듯 남궁강이 만든 검기의 와류가 그대로 찢어졌다. 순간 적풍이 왼손을 내밀었다.

쿠웅!

적풍의 손이 쑥 늘어나는 것처럼 보이더니 그대로 남궁강의 어깨를 때렸다.

이 또한 유령마군 사혼에게서 배운 유령마수라 불리는 수공(手功)으로 사혼을 유령마군이라 불리게 한 무공 중 하나였다.

"욱!"

남궁강의 입에서 참을 수 없는 신음성이 흘러나왔다. 그의 오른쪽 어깨가 완전히 바스러진 듯 손에 들린 검이 힘없이 흔들렸다.

"죽여주지!"

적풍이 비틀거리는 남궁강을 향해 말 위에서 청룡검을 들었다. 그러고는 남궁강의 목을 치려는 순간 한 자루 검이 날아와 적풍이 타고 있는 말의 다리에 꽂혔다.

히힝!

적풍을 태운 말이 놀라 앞발을 높이 들며 비명을 질러댔다.

적풍이 중심을 잃은 말 등에서 떠올랐다. 그러고는 허공에서 한 바퀴 회전한 후 재차 남궁강을 향해 검을 내려쳤다.

그러자 어느새 다가온 남궁세가의 고수 둘이 남궁강을 등지고 적풍의 검을 막았다.

콰릉!

적풍의 검이 두 적의 검을 동시에 쳤다.

쩌쩡!

한순간 두 개의 검이 두 동강 나면서 강렬한 파열음이 터져 나왔다. 적풍의 청룡검이 재차 움직였다.

"크!"

"윽!"

사선으로 그어진 적풍의 청룡검에 두 명의 남궁세가의 고수가 여지없이 무너졌다.

그러자 적풍이 그들을 넘어서 뒤로 물러나고 있는 남궁강을 재차 공격했다. 남궁강 정도는 베어줘야 싸움의 승세를 완전히 잡을 수 있을 거라 생각한 것이다.

그런데 그가 미처 남궁강에 다가서기 전에 남궁강과 비슷하게 생긴 노검사가 적풍의 앞을 막아섰다.

"멈춰라! 이놈!"

적풍 앞을 막아선 자는 남궁하였다.

그러고 보면 적풍은 남궁하를 상대하는 것으로 남궁세가주 남궁천의 세 아우와 모두 검을 섞게 되는 셈이다. 적풍이 불문곡직하고 남궁하를 향해 검을 내려쳤다.

콰아!

진천벽력검의 강력한 검기가 남궁하를 반으로 쪼갤 듯 내리꽂혔다.

순간 남궁하가 살짝 발을 틀었다. 그러자 그의 몸이 연기처럼 변하더니 적풍의 검기를 비껴내며 외려 적풍을 향해 측면에서 날아올랐다.

슉!

남궁하의 검은 움직였다 싶은 순간 이미 적풍의 눈앞에 당도했다. 적풍이 황급히 상체를 젖혔다.

팟!

남궁하의 검이 아슬아슬하게 적풍의 옷깃을 스치고 지나갔다.

'다르군.'

적풍은 상대의 검이 지금껏 상대한 남궁세가의 고수들과는 다르다는 것을 깨달았다.

본래 남궁세가의 검은 강맹함과 화려함을 동시에 가지고 있는데 이자의 검은 쾌속함을 장점으로 하고 있었다.

갑작스런 쾌검에 잠시 당황한 적풍은 이내 정신을 차리고 남궁하를 상대하기 시작했다.

적풍의 묵직한 검초들이 남궁하의 빠른 공격을 막아냈다. 적풍은 태산같이 움직였다. 다른 때와는 확연히 다른 모습이다.

본래 적풍은 광풍 같은 움직임으로 싸움을 압도하는 편이지만, 남궁하를 맞아서는 움직이지 않는 태산처럼 무겁게 적을 상대하고 있었다. 그러다 보니 자연히 공격보다는 방어에 치중하게 되는 적풍이다.

남궁하로선 일단 적의 움직임을 봉쇄했으니 승기를 잡았다고도 볼 수 있었다.

그런데 기이하게도 싸우면 싸울수록 얼굴이 붉어지고 이마에 땀이 나는 사람은 남궁하였다.

분명 그는 날카로운 초식으로 계속 적풍을 공격하고 있었지만 그중 하나도 적풍의 근처에 이르지 못했다.

움직이지 않는 적을 베지 못하는 자의 좌절감이란 결코 적지 않다. 더군다나 그것이 천하를 오시하는 대남궁세가의 검객이라면 더더욱 그러했다.

"이놈!"

급기야는 남궁하의 입에서 욕설이 흘러나왔다. 어찌 보면 적풍은 남궁하를 철저히 무시하는 것처럼 보이기도 했다.

마치 어른이 아이의 재롱을 상대하듯 그렇게 남궁하의 빠른 공격을 담담히 막아내고 있는 적풍이었다.

그러나 사실 적풍으로서도 꽤나 신중하게 싸우고 있는 중이었다. 남궁하의 쾌검은 적풍이 강호에서 만난 검초 중 가장 빠른 것이었다.

그래서 진중하게 적의 공격을 막아내며 상대의 허점이 드러나기를 기다리는 것이 적풍이 선택한 이 싸움의 방식이었던 것이다.

다행히 남궁하는 스스로 무너지고 있었다. 대남궁세가가 침범당했다는 분노, 자신의 모든 절기를 쏟아내고도 적을 움직이게 만들지 못한다는 좌절감이 그의 이성을 마비시키고 있었다.

남궁하의 검이 점점 빨라졌다. 빛처럼 빠른 검기가 수십 갈래로 갈라져 적풍을 찔러댔다.

그러나 적풍은 거대한 바위처럼 무겁게 청룡검을 휘둘러 남궁하의 모든 검초를 막아냈다.

그러던 한순간 적풍과 남궁하의 시선이 마주쳤다. 순간 적풍이 한 줄기 비웃음을 입에 담았다. 그로 인해 남궁하의 자제력이 무너졌다.

"죽인다!"

남궁하가 살기 어린 목소리를 토해내며 몸을 날렸다. 그의 몸이 적풍의 머리 일 장 위로 떠올랐다.

남궁하의 검이 눈부신 광채를 만들어냈다. 자신의 모든 공력을 검에 실은 것이 분명했다.

남궁하는 그렇게 모든 진기를 검에 모은 후 적풍을 향해 폭사했다.

"아우! 멈춰!"

멀리서 남궁세가주 남궁천의 비명에 가까운 목소리가 들려왔다. 남궁하가 펼치는 일초가 양패구상의 초식임을 알아챈 것이다.

그러나 남궁하는 남궁천의 외침이 귀에 들어오지 않았다. 그는 단지 자신의 가문을 침범하고 자신을 비웃은 이 젊은 마두 놈을 반드시 죽이겠다는 의지에 불타고 있었다.

적풍은 여전히 미소를 머금고 있었다. 자신을 향해 떨어져 내리는 남궁하의 검은 더 이상 두려워할 무엇도 아니었다.

애초에 빠름을 앞세운 자가 갑자기 무거운 초식을 쓰는 것은 패배를 자초하는 일이다.

더군다나 이런 공격이야말로 적풍의 진천벽력검이 상대하기에 가장 적당한 공세가 아닌가.

적풍이 검을 사선으로 들었다. 그러고는 자신을 향해 폭사해 오는 남궁하의 검을 향해 마주 검을 휘둘러 올렸다.

콰룽!

적풍의 검에서 뇌전 같은 빛이 번득였다. 그러자 그의 검을 벗어난 검기가 속도와 힘을 이기지 못하고 둥글게 휘어지며 남궁하의 검기를 향해 뻗어 나갔다.

캉!

검기와 검기가 충돌하며 쇠 부딪치는 소리가 터져 나왔다. 남궁하의 신형이 허공에서 잠시 멈춘 듯 정지했다.

모든 사람의 시선이 적풍과 남궁하에게로 향했다. 이 대결이 오늘 싸움의 향방을 결정할 중요한 승부라는 것을 모두가 알고 있는 것이다.

그런 사람들의 눈에 기이한 모습이 보였다. 서로의 검이 엿가락처럼 붙어 있는 상태에서 적풍의 몸이 허공으로 떠오르는가 싶더니 벼락처럼 오른발을 들어 남궁하의 옆구리를 차버린 것이다.

그야말로 저잣거리의 막싸움꾼이나 하는 수법처럼 보이는 이 공격을 남궁하는 막아내지 못했다.

"컥!"

남궁하의 옆구리에 적풍의 발이 꽂혔다. 남궁하의 입에서 토하는 듯한 신음성이 터져 나왔다. 그러고는 그의 몸이 낙엽처럼 뒤로 날려갔다.

적풍은 애써 남궁하를 쫓지 않았다. 아마도 남궁하의 갈비뼈는 대부분 으스러졌을 것이다. 아주 오랜 시간 정양해야 할 중상을 입은 자를 쫓을 필요는 없다. 대신 이 승부로서 남궁세가를 제압할 기회로 삼아야 했다.

"아우!"

멀리서 남궁천이 땅 위에 나뒹구는 남궁하를 향해 몸을 날리는 모습이 보인다.

그 순간 적풍이 입을 열었다.

"검을 버리는 자는 살려두라! 그러나 반항하는 자는 모두 죽여라!"

적풍의 말투는 이미 승리를 거머쥔 자의 그것이었다.

그 기운이 십자성의 고수들에게도 전해졌을까. 십자성의 고수들이 성난 호랑이처럼 남궁세가의 무사들을 몰아치기 시작했다.

싸움은 그리 오래갈 것 같지 않았다. 무공의 고하를 떠나 전의가 꺾인 자는 싸울 동력을 잃는 법이다.

곳곳에서 남궁세가의 고수들이 무너져 갔다. 순식간에 남궁세가의 장원이 피와 시체로 얼룩지기 시작했다.

그리하여 곧 이 아름다운 장원이 더 이상 남궁세가의 것이 아닌 것이 되려는 찰나, 갑자기 북쪽에서 사람들의 정신을 흔들어놓는 사자후가 터져 나왔다.

"감히 누가 천년검가를 무너뜨리려 하느냐!"

그 서늘한 사자후에 장내의 싸움이 일순 정지했다.

그리고 사람들의 눈에 불타는 북쪽 전각을 넘어 신선처럼 날아오는 네 명의 노검사가 보였다.

적풍은 목숨을 걸어야 한다는 것을 깨달았다.

단 네 명, 수백이 뒤엉킨 싸움은 그 네 명의 등장으로 멈춰졌다. 선풍도골의 모습을 한 이들 노검사들은 나타나는 순간부터 적풍을 응시하고 있었다.

살기가 느껴지지는 않았는데 오히려 그것이 적풍의 마음을 더 무겁게 만들었다. 감정을 내면에 갈무리한 무인의 검은 얼마나 차가울 것인가.

"주군, 보통 자들이 아닙니다."

어느새 그의 곁으로 다가온 준갈이 말했다. 그러자 적풍의 등 뒤에 서 있던 우마가 대꾸했다.

"이쯤이 좋을 것 같습니다. 거래를 하지요."

우마의 말에 적풍이 고개를 저었다.

"한 명은 꺾어놔야 한다. 그래야 거래가 돼."

"그렇긴 하지만……."

"내게 맡겨."

아주 짧은 순간이었다. 네 명의 노검사가 나타나는 순간 경직된 적풍의 마음이 자연스레 그의 손을 청룡검이 아닌 사자검으로 향하게 했다. 그런데 사자검에 손을 대는 순간, 검을 뽑지도 않았는데 적에 대한 두려움이 순식간에 사라지고 그 자리를 강렬한 투지가 채웠다.

사자검의 기운에 자신이 물든다는 생각을 하면서도 그 기분이 그리 나쁘지는 않았다. 사자검을 뽑아 네 명의 노검사를 단번에 베어버리고 싶은 충동마저 용솟음쳤다.

적풍은 슬며시 사자검을 놓았다. 계속 사자검을 잡고 있다가는 그 기운에 휘말려 대사를 그르칠 것 같았기 때문이다.

검을 놓자 투지가 수그러들었다.

"그대들은 누군가? 대체 어떤 자들인데 감히 대남궁세가를 침범하는가?"

노검사 중 한 명이 낮지만 서늘한 음성으로 물었다. 그 말을 들은 사람은 누구라도 진실을 말해야 할 것 같은 위압감이 깃든 목소리였다.

"십자성!"

적풍이 짧게 대답했다.

"십자성? 강호에 그런 문파도 있었던가?"

노인이 고개를 갸웃했다.

순간 적풍은 알아챘다. 이 노인들은 남궁세가의 사람들이기는 해도 그간 세가의 일이나 강호의 일에 전혀 관심을 갖지 않았다는 사실을.

'결국 은거한 전대고수들이란 뜻이군.'

좋기도 하고 나쁘기도 한 사실이다. 은거고수라면 그 무공이 만만치 않을 것이니 나쁜 일이고, 이런 자들은 귀찮은 것을 싫어해 잘 구슬리면 원하는 바를 얻을 수 있으니 좋은 일이었다.

"몇 달 전 절강 깊은 산중에서 탄생한 세력입니다. 그전에는 흑사회가 그 자리에 있었습니다."

어느새 네 노인 곁으로 다가온 남궁세가주 남궁천이 말했다.

"흑사회라면 유령마군 사혼?"

"그렇습니다."

"죽지 않았나?"

"아직 정확하게 확인된 것은 아니지만… 지금의 상황으로 보면 살아 있을 수도 있을 것 같습니다."

"그들의 후신이란 말인가?"

"그것이… 명확하지 않습니다. 연관이 있는 것은 분명해 보이지만… 조사를 위해 사람을 보냈습니다만 돌아온 것은……."

남궁천이 말꼬리를 흐렸다.

절강의 십자성에 보낸 남궁세가의 고수들은 돌아오지 못했다. 아니, 남궁세가의 후기지수 남궁유룡은 돌아왔다. 그러나 그는 돌아온 것이 아니라 끌려온 것이니 결국 돌아온 자는 없었다.

남궁천 자신조차도 이 무모하리만치 광폭한 행보를 보이는 십자성에 대해 누구보다 궁금했다.

남궁천의 대답을 들은 노검사가 살짝 고개를 갸웃하더니 적풍을 향해 물었다.

"유령마군 사혼이 살아 있는가?"

노검사가 물었다.

적풍이 가볍게 고개를 끄떡였다.

"역시 그렇군. 그는 어디 있는가? 함께 왔으면 얼굴 좀 봤으면 좋겠군."

"그는 여기 없다."

적풍이 차갑게 대답했다.

"그라……. 유령마군을 그라고 부른다면 결국 십자성이 흑사회의 후신은 아니라는 말이군. 십자성의 정체가 뭔가?"

노검사의 질문이 이어졌다. 그러자 이번에는 적풍이 대답하는 대신 물었다.

"그대의 이름은?"

"나? 객이 주인의 이름을 먼저 묻는가?"

노검사가 차갑게 응대했다.

"난 십자성의 유괴라 한다."

적풍이 대답했다.

십자성의 유괴, 그 이름이 처음으로 강호에 알려지는 순간이다.

"가주, 들어보신 이름이오?"

노검사가 적풍의 대답에 남궁천에게 물었다.

"처음 듣는 이름입니다."

남궁천이 대답했다.

"음, 무림에 새로운 강자가 출현하는가?"

노검사가 홀로 중얼거렸다. 그러자 적풍이 다시 물었다.

"그대의 이름은?"

"난 남궁토라 한다."

남궁세가의 노검사가 대답했다.

순간 십자성의 고수들 사이에서 웅성거림이 일어났다. 남궁토란 이름이 가져온 파문이다.

적풍이 슬쩍 뒤를 돌아봤다. 그러자 챙이 넓은 갓으로 얼굴을 가린 쿠샨이 다가와 말했다.

"조심하셔야 합니다. 그는 무서운 자입니다."

"그대가 두려워할 정도로?"

"그렇습니다. 그 하나로도 무림에서 적수를 찾기 힘든 검객이지요. 그런데 그의 곁에 있는 세 명이 그의 형제들이라면 더욱 조심해야 합니다. 저들은 남궁세가의 전대 제일고수를 다투던 형제입니다."

"괜찮은 상대군."

적풍이 중얼거렸다.

"설마 싸우시렵니까?"

쿠샨이 놀란 표정으로 물었다.

"그를 꺾으면 남궁세가와 쉽게 홍정이 되지 않겠소?"

"그, 그야 그렇지만……."

"그렇다고 누구처럼 무식하게 이곳을 모두 쓸어버릴 생각은 아니니 걱정 마시오."

적풍이 한 줄기 미소를 짓고는 시선을 다시 남궁토에게로 돌렸다. 쿠샨은 적풍이 말한 그 누군가가 누구인지 유일하게 알고 있는 사람이었다.

"하긴 그라면… 그보다는 한 사람을 상대하는 것이 낫지."

쿠샨이 중얼거렸다.

만약 적풍의 아버지 전마 적황이라면 아마도 검은 사자들을 몰아붙여 남궁세가를 쓸어버렸을 것이다. 그에 비하면 남궁토와의 비무로 일을 처리하려는 적풍의 선택은 그나마 신중한 처신이었다.

그사이 남궁천과 무슨 이야긴가를 주고받은 남궁토가 적풍을 보며 다시 물었다.

"묻겠다. 그대들이 감히 대남궁세가를 침범한 이유가 뭔가?"

"정말 그 이유를 몰라서 묻는 건가?"

적풍이 되물었다.

"합당한 이유를 대야 할 것이다. 아니면……."

남궁토가 손에 든 검을 살짝 비틀었다. 그러자 검신에 반사된 달빛이 태양처럼 번쩍였다.

"나도 묻겠다. 그대들이 오대세가를 규합해 십자성을 토벌하려 한 이유가 무엇인가? 제대로 대답해야 할 것이다. 아니면……."

적풍이 청룡검을 들어 올렸다.

웅!

청룡검이 주인의 마음을 아는지 격한 울음을 터뜨렸다.

순간 남궁토의 표정이 일변했다.

"가주, 그의 말이 사실이오? 십자성에 조사할 사람을 보낸 것이 아니고 토벌대를 보냈소?"

남궁토의 반응으로 보아 그는 오대세가의 토벌대가 십자성을 공격했다고는 생각하지 않고 있던 모양이다. 그저 몇몇 조사할 고수만 보낸 것으로 생각한 것이 분명했다.

"그것이… 흑사회와의 연관을 짐작하지 않을 수가 없었습니다. 앞서 흑사회를 조사하러 보낸 선발대가 한 명도 돌아오지 않았기에……."

"일이 고약하게 됐군."

남궁토가 살짝 눈살을 찌푸렸다. 이유야 어찌 되었든 먼저 공격을 한 쪽은 남궁세가를 포함한 오대세가이다.

그러니 십자성의 이 반격은 정당성을 갖고 있었다. 하지만 그렇다고 해도 감히 대남궁세가를 직접 공격한 이 방식에는 동의할 수 없는 남궁토였다.

"오해가 생겼으면 사람을 보내 이유를 물어야 하는 것이 순서, 이런 식으로 야밤에 타 문을 공격해 장원을 불태우는 것은 마도들이나 하는 짓이 아닌가?"

"후후후, 그 말 그대로 돌려주겠다. 십자성이 궁금하면 사람을 보내 친분을 맺으면 되는데 왜 토벌대는 보냈는지 말이야. 대답할 수 있겠나?"

적풍이 되물었다.

그러자 남궁토가 할 말을 잃고 잠시 침묵을 지키다가 무겁고 진중한 목소리로 대답했다.

"한마디로 대답해 주겠다."

"말하라."

"여긴 대남궁세가이다!"

대단한 자부심이다. 남궁세가라는 이름이 바로 그 대답이라는 것이다.

남궁세가는 타 문을 예고 없이 공격할 수 있지만 다른 자들은 그럴 수 없다는 것, 그것이 바로 남궁토의 대답이었다.

얼핏 보면 아집으로 똘똘 뭉친 대답이지만 적풍은 고개를 끄떡였다. 이 무림에서 강자는 언제는 그에 합당한 대접을 받게 마련이다.

"좋은 대답이다. 그래서 나도 그에 대한 대답을 해주겠다."

"말하라!"

"오늘부로 십자성도 강호에 증명될 것이다. 받은 만큼 돌려줄 수 있는 힘을 가진 존재라는 것을."

십자성이 남궁세가 못지않은 힘을 가지고 있다는 뜻이다.

적풍의 대답에 남궁토가 볼을 씰룩였다. 남궁세가를 가지고 강호에 자신들을 증명하려는 이 불순한 자들을 어찌 처리해야 할지 고민이 되는 모양이다.

결국 남궁토는 가장 쉬우면서도 빠르고 또한 가장 확실한 방법을 택했다. 그건 바로 상대의 우두머리를 제거하는 것이다.

"유괴라고 했나?"

남궁토의 질문에 적풍이 고개를 끄떡여 대답을 대신했다.

"십자성에 그럴 힘이 있다고 생각하는가?"

"당신이 눈으로 본 그대로!"

적풍이 검을 들어 주변을 가리켰다.

불타는 장원, 죽어가는 세가의 무사들, 그리고 무엇보다 한쪽에서 패배의 통한을 씹고 있는 가주 남궁천의 두 아우가 적풍의 말대로 현실을 보여주고 있다.

남궁토의 입술이 파르르 떨렸다. 생각해 보면 단순한 일이다. 지금 위기에 처한 세가의 현실이 바로 십자성에게 자신들을 증명할 자격이 있다는 것을 보여주고 있다.

"십자성의 성주는 누군가?"

비록 이곳에서 적풍이 십자성을 대표하고 있다고는 해도 설마 하니 이렇게 젊은 자가 십자성의 성주일 리 없다고 생각한 남궁토가 물었다.

"나!"

너무 쉽고 명쾌한 대답이다.

남궁토는 적풍의 대답에 일순 말문이 막혔다. 남궁세가를 위기로 몰아넣은 십자성의 주인이 이렇게 젊다는 것을 도저히 믿기 힘들었다.

"사문이 어디인가?"

남궁토가 다시 물었다. 이런 경우 젊은 성주의 등 뒤에 막강한 사문이 존재할 수밖에 없다.

"글쎄… 사문이랄 것이 있을까?"

그 스스로도 궁금했다.

신혈족의 피를 이었으니 이골마족이 그 뿌리다. 그러나 무공은 유령마군 사혼에게 배웠으니 강호의 법도를 따른다면 흑사회가 사문이랄 수 있었다.

그러나 어느 것 하나 자신의 사문으로 내세울 수는 없는 것들이다.

"사문을 감춘다는 것은 떳떳치 못하다는 것인가?"

남궁토가 힐난하듯 말했다.

그러자 적풍이 슬쩍 남궁토를 바라보고는 차갑게 물었다.

"당신은 당신의 가문과 당신 자신에 대해 떳떳한가?"

"그렇다! 우리 남궁세가는……!"

"그만!"

적풍이 노성을 터뜨렸다. 그러고는 남궁토를 노려보며 말했다.

"천 년을 이어왔다는 그대의 가문, 그 역사를 지키기 위해 흘린 피가 모두 정당했다는 것인가? 그렇게 말한다면 그대는 위선자일 뿐이다. 하지만 한 가지는 인정한다. 그대의 가문이 천 년을 내려온 이유는 그대들이 정명해서가 아니라 강하기 때문이었단 것! 그건 인정하지. 그리고 오늘 그 강함을 다시 한 번 증명해야 할 것이다. 날 상대로. 용기가 있는가?"

적풍의 말에 남궁토의 얼굴이 딱딱하게 굳었다.

반박할 수 없는 말이다. 무림이란 곳은 곧 강함이 모든 것을 정당하게 만드는 곳이다.

"좋아, 나 역시 그게 가장 좋은 방법이라고 생각하고 있었다.

많은 피를 흘릴 필요는 없지. 도전을 받아주마!"

"후후, 도전이라……. 십자성은 누구에게 도전하지 않아. 더군다나 남궁세가 따위에게는."

적풍이 천천히 앞으로 걸어 나오며 말했다.

그러자 남궁토의 눈가에 분노가 일렁였다.

"남궁세가의 뿌리가 얼마나 깊은지 알려주마! 네가 말한 그 강함의 뿌리 말이다!"

적풍은 제대로 된 적수를 만났다는 생각이 다시 들었다. 남궁토에게서 흘러나오는 이 강렬한 기세가 그를 흥분하게 만들었다.

더운 여름날 시원한 소나기가 쏟아지는 느낌이다. 다른 사람이었다면 아마도 깊은 두려움을 느꼈을 것이다. 그러나 적풍은 상대의 강한 기운에서 오히려 힘을 얻고 있었다.

'이것도 신혈의 힘인가?'

알 수 없는 일이다. 우마와 준갈을 보면 외려 걱정스런 표정이다.

'그럼 단지 전마의 혈족만이 가지는 기운인가?'

그 또한 알 수 없었다. 한 번도 보지 못한 아버지를 듣고 읽은 것만으로 판단할 수는 없었다.

그러나 그런 것이야 어쨌든 좋았다. 기분이 나쁘지 않았다. 좋은 상대를 만났고, 이기면 수확도 좋을 것이다.

승자가 모든 것을 갖는 것, 그것이 무림이다. 명예든 권력이든. 그래서 남궁토는 반드시 이겨야 하는 상대였다.

우웅!

청룡검이 적풍의 힘을 이기지 못하고 울부짖었다. 한순간 후회가 밀려들었다.

'사자검을 쓸걸 그랬나?'

청룡검이 자신의 힘을 견뎌줄지 의문이 들었다. 그러나 이내 고개를 저었다.

'신검이 아닌 내 힘으로 상대하고 싶은 자야.'

그렇게 생각하니 마음이 홀가분해졌다.

그래서 그를 향해 섬전같이 떨어져 내리는 남궁토의 검기를 보고도 외려 미소가 지어지는 적풍이었다.

제9장
폭풍의 십자성

"하앗!"

장내의 사람들은 하나의 전설이 사라지고 다른 하나의 전설이 시작되는 것을 목격했다.

남궁토의 검을 품에 안듯 버텨낸 적풍이 한순간 벼락같은 소리를 내지르며 검을 밀어냈다.

"웃!"

수십 년 적공의 남궁토조차 예상치 못한 강력한 적풍의 신력에 당황해 나직한 다급성을 흘려냈다.

광채 같은 남궁토의 검기를 뚫고 거무스름한 적풍의 검기가 솟구쳤다. 무너지는 하늘을 반으로 가르는 듯한 모습이다.

그 충격적인 장면은 그날 그곳에 있던 사람들의 뇌리 속에 아주 오랫동안 기억될 것이다.

그 한 번의 격돌, 빛과 빛이 격돌한 그 한 번의 격돌에서 싸움의 승패는 결정됐다.

아니, 다른 사람들은 알 수 없었지만 적풍과 남궁토는 알고 있었다. 이미 싸움의 승패가 결정됐음을. 물론 겉으로는 여전히 싸움이 이어질 것처럼 보였다.

하지만 이미 남궁토의 얼굴에는 패배의 그늘이 자리 잡고 있었다.

그리고 그것은 무공의 고하와는 상관없는, 백 살을 바라보는 노련한 은거고수 남궁토만이 느낄 수 있는 미세한 기세의 차이임을 그는 알고 있었다.

적풍의 검이 남궁토의 검과 맞닿은 채 한 바퀴 회전했다. 그러고는 가차 없이 남궁토의 두 다리를 베어냈다.

남궁토가 당황한 와중에도 노련하게 몸을 날려 적풍의 검을 피해냈다. 그러나 그것이야말로 적풍이 진심으로 노리고 있는 것이었다.

적풍이 검을 피해내느라 자연스레 떠오른 남궁토의 발을 왼손으로 낚아챘다.

이런 방식의 싸움은 무림의 고수들 사이에선 거의 볼 수 없는 장면이다. 적풍의 이 일수는 사혼의 절기 유령마수에 간혹 북방 초원의 용사들이 장난 삼아 수련하는 씨름 기술을 응용한 것이다.

진기를 이용한 상승의 검법을 겨루는 와중에 가장 원초적인

근육의 힘을 이용한 싸움 기술은 의외로 적을 손쉽게 제압할 기회를 제공했다.

턱!

적풍의 손에 남궁토의 발목이 걸렸다.

'끝났어.'

일단 적의 발목을 잡는 순간 적풍은 승리를 확신했다.

남궁토가 몸을 기형적으로 틀어 자신의 발목을 잡고 있는 적풍을 향해 검을 뻗어내는 것이 보인다.

순간 적풍의 얼굴에 한 줄기 미소가 지어졌다. 승자의 미소이다.

적풍이 손에 잡힌 남궁토의 발목을 살짝 틀었다. 그러자 그의 미간을 향해 날아오던 남궁토의 검기가 목표를 잃고 허공으로 비껴 나갔다.

적풍이 재차 손에 힘을 가했다. 그러자 이번에는 남궁토의 몸이 허공에서 자신의 의지와 상관없이 한 바퀴 회전했다.

순간 적풍의 검이 벼락처럼 떨어졌다.

팟!

검기도 일으키지 않은 적풍의 검이 남궁토의 검을 든 팔을 잘랐다.

붉은 선혈이 허공으로 치솟았다.

"음!"

남궁토의 입에서 나직한 신음성이 흘러나왔다.

적풍이 남궁토의 발목을 잡은 손을 다시 휘둘렀다. 그러자 남궁토가 십자성의 고수들 사이에 떨어졌다.

"치료해 줘!"

적풍이 남궁토에게 달려들어 그를 죽이려는 십자성의 고수들에게 말했다.

그러자 십자성의 고수들이 어리둥절한 표정을 짓고 있는데, 이내 적풍의 생각을 알아챈 쿠샨이 달려들어 남궁토의 혈도를 제압한 후 그의 상처를 치료하기 시작했다.

참으로 기이한 싸움이고 결과였다.

그리고 모두가 받아들이기 어려운 결과이기도 했다. 결과는 남궁토의 패배였지만 장내의 누구도 이 결과를 쉽게 인정하지 못했다.

여전히 지금이라도 남궁토가 다시 검을 들고 일어나 적풍과 맞선다면 단번에 승리를 거머쥘 것 같은 생각이 들 정도였다.

그래서 당연하게도 이 싸움의 결과에 승복하지 못하는 자들이 나타났다.

"놈! 간교한 술책으로 승리를 도둑질하는구나! 어디 나도 상대해 보거라!"

앞으로 나선 자는 남궁토와 함께 나타난 네 명의 노검사 중 하나였다. 그러자 적풍이 노인을 상대하는 대신 남궁토를 돌아보며 물었다.

"이번에는 팔이 아니라 목이 떨어질 텐데 괜찮겠는가?"

제법 정중한 말투다.

싸움을 끝내자는 말 같기도 했다.

"아우, 물러나게."

잘린 팔 부위를 치료받는 중에 남궁토가 일어서며 적풍과 싸우려는 노검사를 만류했다.

"형님!"

"됐네. 이 싸움은 정당한 패배야."

"하지만……."

"물러나게. 아니면 자네 목이 떨어지는 걸 내 눈으로 보게 될 거야. 설마 그런 모습을 보여주지는 않겠지?"

"대체 왜……?"

노검사가 인정할 수 없다는 표정으로 남궁토를 바라봤다. 그러자 남궁토가 다시 고개를 저었다.

"내가 알아서 하겠네. 그러니 아우는 물러나 있게."

남궁토의 말에 노검사가 더 이상 고집을 부리지 못하고 뒤로 물러났다. 그러자 남궁토가 적풍 앞으로 걸어 나왔다. 혈도를 제압당해서인지 늙은 몸이 더욱 지쳐 보였다.

"그대가 십자성의 성주라고 했소?"

남궁토의 말투가 변했다. 무척 정중한 모습이요 말투다.

'이젠 거래인가?'

적풍은 이쯤에서 이 싸움을 끝낼 때가 되었다는 것을 느꼈다. 십자성의 이름을 세상에 알리는 싸움으로는 무척 만족스런 결과이다.

"그렇다."

"원하는 게 뭐요?"

"원하는 것이라……."

적풍이 말꼬리를 흐렸다. 그러자 남궁토가 다시 입을 열었다.

"그대와 그대의 십자성이 강하다는 것은 인정하겠소. 그러나 그렇다고 우리 남궁세가를 멸문시킬 수는 없소. 물론 오늘 싸움은 그대의 승리로 끝날 수도 있겠지. 하지만 그리되면 오늘 이 자리에 없는 세가의 모든 형제가 강호의 전체를 끌어모아 절강으로 향할 것이오. 십자성이 감당할 수 있겠소?"

"못할 것 같은가?"

"광오하구려. 전 무림을 상대할 수 있다니."

"전 무림이라… 글쎄. 과연 전 무림이 절강으로 오겠나? 지왕종문이 등 뒤에 도사리고 있는데 단지 남궁세가 한 가문의 명예를 위해 전 무림이 움직이겠는가? 누구보다 무림의 생리를 잘 알 것 아닌가? 강한 남궁세가가 사람들을 불러 모으는 것이지 무너진 남궁세가는 그저 동정과 약탈의 대상일 뿐이지."

"음!"

남궁토가 잘린 팔보다 더 고통스러운 말을 들은 듯 나직한 침음성을 흘렸다.

"세 가지를 원한다."

적풍이 말했다.

"말해보시오!"

"첫째, 십자성을 공격한 것에 대한 제대로 된 사과, 둘째, 절강과 항주에 대한 십자성의 권리를 인정할 것."

치욕스런 조건이다. 그러나 또한 거부한다면 오늘 남궁세가는 불타고 후손들은 숱한 멸시와 고난의 시간을 견뎌야 할 것이다.

"세 번째 조건은 뭐요?"

"당신!"

"…내 목을 원하오?"

"아니. 단지 당신이 십자성에 머무는 것. 그 정도 담보는 있어야겠지."

순간 남궁토보다 남궁세가주 남궁천의 노성이 먼저 터져 나왔다.

"불가! 멸문할지언정 어찌 가문의 어른을 포기하겠는가? 그대는 남궁세가를 너무 가볍게 보는구나!"

남궁천의 분노는 당연한 것이었다. 어떤 상황에서도 가문의 존장을 인질로 내어준 일이 없는 남궁세가이다.

그런데 남궁천의 반발에도 적풍은 침착했다. 마치 예상하고 있던 일이라는 듯 고개를 끄떡이며 대답했다.

"물론 그렇겠지. 쉬운 결정이 아니라는 것은 나도 알고 있다. 그런데 이건 어떠한가? 그가 가면 여럿이 살아 돌아올 것이다."

"그게 무슨 말이오?"

남궁천을 대신해 남궁토가 물었다.

"지금 십자성에는 지난번 본 성을 공격한 오대세가의 고수 십여 명이 잡혀 있다. 그대가 십자성으로 온다면 그들 중 남궁세가의 사람들을 풀어주겠다."

"음……."

남궁천과 남궁토의 입에서 동시에 침음성이 흘러나왔다. 토벌대 중 다른 생존자가 있다는 걸 미처 생각지 못한 것이다. 십자성이 앞세워 남궁세가로 돌아온 남궁유룡 정도가 생존자의 전부라고 생각한 두 사람이다.

"누가 살아 있소?"

남궁토가 물었다.

"글쎄… 이름은 잘……."

"남궁산이라 했습니다."

우마가 대신 대답했다.

"아우가 살아 있다고?"

남궁천이 놀란 표정으로 물었다. 얼굴에는 불신의 빛도 보인다.

"그에게 확인해 보라! 데려와라!"

적풍의 명에 십자성의 고수가 남궁유룡을 끌고 왔다.

"유룡, 정말 아우가 살아 있느냐?"

남궁천이 남궁유룡에게 물었다.

"그렇습니다, 가주. 숙부께서는 살아계십니다."

"네 눈으로 확인했느냐?"

"그렇습니다."

남궁유룡이 큰 죄를 지은 사람처럼 고개를 숙이며 대답했다.

"어떠신가? 나와 함께 가겠는가?"

비록 남궁천이 세가의 가주라 해도 이 결정은 결국 남궁토 본인이 내려야 한다는 것을 모두가 알고 있다.

"좋소, 가겠소."

"숙부, 아니 되십니다! 절대 그럴 수 없습니다!"

남궁천이 소리쳤다.

"맞소이다. 우리가 어찌 형님을 그런 사지로 보낼 수 있겠습니까?"

남궁토와 함께 등장한 노검사들도 소리 높여 반대했다. 그러자 남궁토가 아이들을 달래듯 말했다.

"그러지들 말게. 사실 난 이미 죽을 나이가 지난 사람이야. 이럴 때 내 한목숨 바쳐 세가의 동량들을 구할 수 있다면 당연히 그리해야지. 그리고 사실 가보고 싶기도 해."

"숙부, 그게 무슨 말씀이십니까?"

남궁천이 당황한 표정으로 물었다. 그러자 남궁토가 대답했다.

"사람은 나이가 들수록 궁금한 것이 많아지지. 나 또한 다르지 않네. 십자성이란 곳이 궁금해. 도대체 어떤 역사를 지닌 곳이기에 대남궁세가를 이렇게 곤경에 빠뜨릴 수 있는지 말이야. 그리고……."

문득 남궁토의 시선이 적풍에게로 향했다. 그러고는 아주 느리게 말했다.

"성주에 대해서도 궁금하군. 어떤 사람이고… 또 어떻게 살아갈지 말이야."

남궁토의 말에 적풍이 별다른 대답 없이 가볍게 고개를 끄떡였다. 이것으로 거래가 성립되며 갑작스럽게 싸움이 종결되었다.

그러나 도검을 거뒀다고 이 싸움의 파장까지 끝난 것은 아니었다. 오히려 오늘 밤이 지나고 날이 밝으면 이 싸움의 결과가 강호천하를 커다란 파도처럼 뒤덮을 것이다.

"원, 싸움에 이겼는데 가져가는 것이 아무것도 없네. 사막에선 이 정도 싸움이라면 수레 가득 전리품이 실렸을 텐데."

대발이 적풍의 등 뒤에서 투덜거렸다.

먼동이 터오고 있다. 십자성의 고수들은 해가 뜨기 전 남궁세가를 떠났다.

공격을 할 때만큼이나 신속하고 빠른 처신이다.

퇴각을 서두른 것은 옳은 선택이었다. 남궁세가의 체면을 세워주는 일이기도 하고, 한편으로는 자신들의 안위를 지키는 일이기도 했다.

만약 날이 밝아 세상에 십자성의 공격이 알려질 경우 싸움의 승패와 관계없이 천하의 고수들이 남궁세가로 밀려들 것이기 때문이다. 그들을 상대하는 일은 결코 간단한 문제가 아니다.

그래서 새벽처럼 떠나오는 길에 대발이 과거 혈랑대 시절을 잊지 못하고 투덜거린 것이다.

하긴 싸움에 이긴 자의 전리품치고 남궁토 한 명은 지나치게 단출한 면이 없잖아 있었다.

"걱정 말게. 이 싸움의 전리품은 조금 늦기는 하겠지만 마적질을 할 때와는 비교할 수 없을 만큼 막대할 테니까."

율사가 대발의 말에 대꾸했다.

"그게 무슨 말인가? 남궁세가가 따로 금은보화라도 보내기로 했단 말인가?"

대발이 의아한 표정으로 물었다.

"전리품은 남궁세가가 아니라 다른 자들이 보낼 거야."

"대체 무슨 소리야?"

대발이 짜증 섞인 표정으로 물었다.

"약속대로 남궁세가가 오대세가를 몰아와 공격한 일을 사과하고 또 절강과 항주에 대한 십자성의 권리를 인정하면 근방의 중소 문파나 상가들이 앞다투어 십자성과 인연을 맺으려 할 거란 말이지. 그런 자들이 설마 빈손으로 오겠나?"

율사의 대답에 대발이 고개를 갸웃거리다가 무릎을 치며 감탄했다.

"야! 듣고 보니 정말 그렇군. 이제 보니 무척 이문이 큰 싸움이었어."

"그것뿐인가? 그렇게 찾아든 자들을 십자성에 품으면 십자성은 금세 강남무림의 강자로 자리 잡게 될 거야. 그쯤 되면, 흐음, 북두회와 지왕종문에 속하지 않은 자들 또한 자신들의 안위를 위해 십자성을 찾겠지. 결국 강호천하는 삼분될 거야. 그

중 하나가 우리 십자성이 된단 말씀이야."

"야, 이건 정말 생각보다 대단한데? 하룻밤의 싸움치고는 말이야."

"그래서 주군께서 무리하여 남궁세가를 공격한 것 아니겠나?"

"흐흠, 정말 생각보다 계책에도 밝다니까."

대발이 앞서가는 적풍을 보며 중얼거렸다. 왠지 모르게 오늘따라 적풍의 뒷모습이 다른 때보다도 훨씬 더 거대해 보이는 대발이다.

그리고 그건 아마도 이번 공격에 참여한 십자성의 무사들 모두의 마음일 터였다. 설마 자신들이 남궁세가를 굴복시키고 그들 중 최고의 고수라는 남궁토를 사로잡아 갈 줄 누가 알았겠는가? 대부분의 사람은 그저 기습이나 하고 재빨리 빠져나올 거라 생각한 것이 사실이다.

"아무튼 말이야, 우리가 주군은 잘 모신 것 같아."

율사가 말했다.

"그렇지? 아무래도 보통 사람은 아닌 것 같지?"

대발이 맞장구를 쳤다. 그러자 율사가 고개를 돌려 새벽빛에 물들어가는 남궁세가를 보며 중얼거렸다.

"이런 정도라면 죽어도 좋지. 천하를 두고 하는 싸움인데."

*　　　*　　　*

소문은 바람처럼 퍼졌다.

십자성과 십자성의 젊은 성주 유괴의 이름은 금세 강호의 전설을 만들어갔다.

그도 그럴 것이, 남궁세가를 굴복시킨 문파가 세상에 존재한다는 것 자체가 믿을 수 없는 일이었다.

과거 남궁세가에 난입해 기보를 탈취해 간 전마 적황과 검은 사자들도 남궁세가를 굴복시킨 것은 아니었다. 물론 애초에 그럴 마음도 없는 사람들이었지만.

그런데 멸문은 아니지만 자파의 최고수라 일컬어지는 남궁토를 인질로 보낸 사실 자체는 남궁세가의 역사에서 가장 치욕스런 일이라고 할 수 있었다.

그러니 그런 양보를 이끌어낸 십자성과 그 성주의 이름이 강호의 살아 있는 전설이 되는 것은 당연한 일이었다.

그리고 그보다 더 중요한 일이 강호의 그늘 속에서 벌어지고 있었다.

"알 수 없군. 아직도 정체를 파악 못 했다니……."

천하를 이끌어간다는 북두회의 숨은 실력자 묵안노 흑야 마한이 혀를 찼다.

"죄송합니다."

대제자 돈오가 머리를 숙였다.

"도저히 접근이 불가능하더냐?"

"그리 들었습니다. 더군다나 형제들의 숫자가 한정되어 있어서… 호천대를 움직이시는 것은 어떠하실지……."

"어려운 일이다. 그 일이야말로 북두회 칠문의 수장들의 의심을 살 수 있어."

"마침 남궁세가가 일을 당했으니 호천대를 움직이는 것이 가능하지 않겠습니까?"

"아니. 그래서 더 어렵게 되었다."

"무슨 말씀이온지……."

돈오가 이해할 수 없다는 듯 물었다.

"남궁세가가 그들을 인정해 버렸으니 이제 와서 무슨 핑계로 호천대를 움직여 그들을 조사하겠느냐? 더군다나 너도 알다시피 칠문의 수장들은 호천대가 이골마족을 추격하는 일 이외의 일에 관여하는 것조차 극도로 경계하지 않느냐?"

"그렇긴 하지요."

돈오가 묵묵히 고개를 끄떡였다.

그때 문이 열리면서 중년 여인이 모습을 드러냈다. 마한의 이제자 황옥이다.

"사부님을 뵙습니다."

중년의 나이에도 어린 기색이 도는 묘한 분위기를 지닌 황옥이 마한에게 인사를 올렸다.

"어서 오너라. 알아봤느냐?"

"역시 야문이 십자성을 돕고 있더군요."

"역시 그렇군. 그러리라 생각했지. 그들이 그토록 조용하게 항주를 장악했다는 것은 야문의 도움 없이는 불가능한 일이지."

"덕분에 야문도 얻은 것이 많더군요."

"그렇겠지. 본래 금가의 터전이 아니더냐? 천하제일거부라던."

마한이 눈살을 찌푸리며 말했다.

"야문은 결국 손을 좀 봐야겠군요."

돈오가 말했다.

"그러게 말이에요. 세 번이나 사부님의 제안을 거절해 놓고 십자성이라니……."

"됐다. 지금에 와서 야문을 건드리는 것은 어리석은 일이야. 십자성이 뒤에 있으니 그들을 건드리면 십자성과 겨뤄야 한다. 우리의 존재가 부각될 수 있어. 더군다나 괜히 십자성과 싸우게 되면 지왕종문만 어부지리를 얻게 될 거다."

"그렇다고 이대로 두고 보기에는 강호의 흐름이 좋지 않습니다. 벌써 강남무림의 대소 십여 개 문파가 십자성의 그늘에 들었다는 소문이에요. 더군다나 어쩌면 절강의 십자성이 그들의 전부가 아닐 수도 있습니다."

"그건 또 무슨 말이냐?"

"알아본 바에 의하면 십자성의 무리가 자신들을 남십자성 사람이라고 했다더군요. 그러면서 북쪽에 또 다른 형제들, 그들이 북십자성이라 지칭하는 자들이 있다고 했답니다."

"북십자성?"

마한의 눈빛이 어두워진다.

"네."

"남북에 십자성이 존재한다는 뜻이지? 이상한 일이군."

마한이 고개를 갸웃했다.

"무엇이 말입니까?"

돈오가 물었다.

"본래 별자리 중 십자성은 남십자성을 말함이다. 남쪽에서만 보이는 별자리지. 북십자성이라는 별자리는 없거든. 그런데 북십자성이라……. 둘 중 하나군. 속임수 아니면 살수지문."

"아, 그런 건가요?"

돈오와 황옥이 동시에 감탄했다. 십자성 때문이 아니다. 그들의 스승 묵안노 흑야 마한의 해박한 지식과 날카로운 지혜에 감탄한 것이다.

두 사람의 눈에 깊은 존경의 빛이 드리워졌다.

"아무튼 좋다. 십자성이 좋은 때를 골랐어. 지왕종문과 북두회가 대립하는 중에 모습을 드러냈으니 어느 쪽이든 그들을 적대시하기는 쉽지 않지. 아마도 당분간 강호는 삼분의 균형을 이루겠구나."

"그렇게 되면 일이 더욱 복잡해지는 것 아닙니까?"

돈오가 물었다.

그러자 마한이 고개를 저었다.

"아니… 나쁠 것은 없다. 천의비문이 일을 끝내려면 적지 않은 시간이 필요하니까. 그사이 혼란한 강호도 나쁘지 않다. 사자들이 완성되면 그때 월문의 이름으로 세상의 중심을 잡으면 된다."

마한은 여유 있는 모습이다.

어떤 상황이 일어나도 결국 자신의 의도대로 세상을 움직일 수 있다는 자신감이 보였다.

"결국에는 북두회를 버리실 생각이군요."

황옥이 걱정스런 표정으로 물었다.

"그들의 쓸모는 지왕종문과의 양패구상에 있다. 그 이상을 기대할 게 없는 자들이지. 생각해 봐라. 혈마련과 정천육문이 과연 한솥밥을 먹을 수 있겠느냐?"

"그렇기는 하지요."

황옥이 수긍했다.

"북두회의 구성을 봤을 때 지왕종문과의 싸움이 어떻게 결정 나더라도 분열을 피할 수 없다. 그런 세력에게 미래를 맡길 수는 없는 일이다."

마한은 단호했다.

"하긴 최근 들어 북두회 내 정파와 사파의 균열이 심상치 않더군요. 이러다가 지왕종문을 상대하기도 전에 쪼개지는 것이 아닌지 우려스러울 정돕니다. 특히 혈마련은……."

"음, 그 부분은 나도 걱정하고 있다. 더군다나 이번에 오대세가가 십자성에 크게 당했으니 그동안 지왕종문에 밀려 의기소침해 있던 혈궁의 발언권이 다시 커지겠지. 그래도 기둥은 소림과 천산마문이야. 이 둘이 결국 북두회의 근간이니까."

"둘 사이는 그런대로 괜찮지 않습니까?"

"적어도 두 문파는 정사를 떠나 의기투합할 수 있는 사이기는 하지. 문제는 역시 오대세가와 혈마련이다. 너무 욕심들이 많아."

마한이 혀를 찼다.

"결국 새로운 검은 사자들을 키워내는 일을 서둘러야겠군요."

돈오가 말했다.

"맞는 말이다. 지금은 그 일에 집중해야 할 때다. 그리고 그들을 더 이상은 검은 사자라고 부르지 말거라. 그 이름은 버려야 한다. 이골마족은 새로운 이름으로 강호에 나타나야 할 것이다. 강호를 수호하는 정의로운 이름으로 말이다. 그래서 그간 이골마족의 존재를 강호에 철저히 숨겨온 것이니까."

"알겠습니다. 주의하겠습니다."

"좋아, 장안을 경계로 한 지왕종문과의 대치 상태를 유지한다. 가능한 오랫동안. 절강과 항주는 아쉽지만 십자성에 맡겨둔다. 단, 다시 은밀하게 사람을 보내라. 가능한 많이 십자성에 대한 정보를 취하라."

"알겠습니다."

돈오와 황옥이 동시에 대답했다.

* * *

"어찌 된 일일까?"

유취려가 곤혹스런 표정으로 중얼거렸다.

적막한 봉우리, 텅 빈 전각. 사람이 떠난 지 제법 되었는지 곳곳에 오래된 낙엽도 뒹굴고 있다.

"이곳이 맞는 건가요?"

설루가 물었다.

"늙었다고 내가 내 집을 잊겠느냐?"

유취려가 빙그레 미소를 지었다.

"그런 말이 아니오라……."

설루가 당황한 표정으로 고개를 저었다.

"후후, 농이다. 아무튼 결국 문주가 비문의 터전을 옮겼다는 뜻인데……. 하아! 진정 날 보지 않을 생각인가? 아무리 의견이 맞지 않아 비문을 떠났다고 기별도 없이 터전을 옮기다니……."

"연락을 하려 해도 불가능했겠지요. 사부님의 종적을 알 수 없으셨을 테니."

"글쎄다. 이런 경우는 본래 가문을 떠나 있는 식구를 위해 천의비문의 문도만 알아볼 수 있는 표식을 남겨놓게 마련이지. 그걸 말해줬나? 본 문에는 문도들만이 사용하는 문자가 있다는 것을."

"천의비문만의 문자가요?"

"그렇단다. 놀라운 일이지. 한 가문이 자신들만의 문자를 가진다는 것은. 그런 천의비문인데 어쩌다가……."

유취려가 씁쓸한 표정을 지으며 고개를 저었다.

"아무튼 비문의 문자로도 떠난 곳을 남기지 않았다는 거군요."

"그렇단다. 본래 입구의 청석 비석에 행선지를 새겨놓게 마련인데 올 때 보니 없더구나."

"그럼 역시……."

설루가 조심스럽게 유취려를 바라봤다.

"둘 중 하나지. 날 더 이상 비문의 식구로 생각하지 않거나 행선지를 남기지 못할 만큼 급한 일이 생겼거나."

"둘 다 문제군요."

설루가 말했다.

"그렇구나. 일단은 좀 둘러보자. 단서가 있을 수도 있으니."

유취려가 걸음을 옮기며 말했다.

한때 천의비문의 은밀한 본거지이던 절벽 위 위태로운 건물들은 텅텅 비어 있었다.

그렇다고 외적의 침입을 의심할 만한 흔적도 없었다. 모든 건물은 말끔하게 비워져 있었다. 분명 비문의 문도들이 스스로 이곳을 떠난 것이 분명했다.

유취려의 표정이 점점 어두워졌다. 설루는 감히 위로의 말도 전할 수 없었다. 그때 유취려가 외따로 떨어져 있는 작은 집 앞에 걸음을 멈췄다.

"여긴가요?"

설루가 조심스럽게 물었다.

"그렇단다. 다른 사람들은 벽돌을 구워 벽을 쌓고 기와를 올려 지붕을 덮었지만 난 이 토벽 초가에 머물렀다. 감히 그런 기와집에 살 염치가 없었다."

"어머님과 풍 때문에요?"

"그래. 그 아이들은 이름을 감추고 천하에서 가장 고약한 자들에게 쫓기고 있는데, 그 아이들을 저버린 내가 어찌 기와집을 바랄 수 있었겠느냐?"

"어쩔 수 없는 선택이지 않았나요?"

"글쎄, 모르겠다. 당시 본 문은 정신이 없었어. 전마와 검은 사자들의 강호행이 너무나 엄청났기에 말이다. 그러니 전마가 죽은 후 북두회와 묵안노가 하자는 대로 할 수밖에 없었다. 나 혼자 맞서려 해도 힘이 없었다."

유취려가 회한이 서린 표정으로 멍하니 하늘을 보며 다시 말을 이었다.

"그런데 시간이 지나고 곰곰이 생각해 보니 북두회가 아닌 의천노공과 다른 형태로 담판을 지을 수도 있었다는 생각이 들더구나. 검은 사자들의 탄생을 천의비문이 모두 책임질 필요는 없었던 거지. 우린 그냥 치료를 했을 뿐이야, 병자들을. 그들이 힘을 가진 것은 사실 그들 스스로의 능력이었다. 그러니 본 문에 모든 책임을 전가하는 것은 옳지 않은 것이었지."

유취려의 말에 설루가 위로하듯 말했다.

"가문이 위협받는 상황에선 누구나 그런 선택을 하지 않았을까요?"

"변명이지. 사실 우린 두려웠다. 작은 꼬투리를 빌미로 강호 공적으로 몰려 멸문당하는 문파가 비일비재한 곳이 강호니까. 나약한 것일 수도 있고. 본 문의 힘을 충분히 쓰지도 못하고 그들의 요구를 받아들였으니까. 아무튼 현명치 못했어."

"모두 지난 일이니 어쩔 수 없지요."

"후, 그렇지."

유취려가 고개를 끄떡이고는 걸음을 옮겨 초가 앞마루에 올라 낡은 문을 열고 초가 안으로 들어갔다. 설루가 재빨리 그녀의 뒤를 따랐다.

방 안에 들어선 설루는 사부 유취려의 방답다는 생각을 했다.

가구가 거의 없는 텅 빈 방에는 덜렁 서간 하나와 서탁 하나가 놓여 있을 뿐이다. 아마도 이곳에 기거할 때 유취려는 고행승과 비슷한 삶을 살았을 것이다.

사람이 떠난 지 오래여서 먼지가 앉아 있기는 했지만 그래도 그 단출함에서 신선한 기운이 느껴졌다.

그런데 방 안에 들어선 유취려의 표정이 이상했다. 그녀의 방에서 유일하게 사치품이라고 할 수 있는 하나의 족자가 오른쪽 벽에 걸려 있었는데 유취려의 시선이 그 족자에서 떠날 줄을 몰랐다.

족자도 기이했다.

아주 오래된 그림이 그려진 듯한 족자였는데 그림 아래 도저히 알아볼 수 없는 글씨가 십여 자 적혀 있었다.

'사연이 있는 그림인가?'

설루가 족자에서 눈을 떼지 못하는 유취려를 보며 생각했다. 유취려가 너무도 심각하게 그림을 보고 있어서 감히 그림의 연원을 물을 수도 없었다.

그런데 그때 갑자기 유취려가 분노와 절망이 느껴지는 목소리로 중얼거렸다.

"문주, 대체 어쩌려고……."

이쯤 되면 설루도 묻지 않을 수 없었다.

"사부님, 무슨 일인지요?"

"문주가… 문주가 아주 위험한 선택을 했구나."

"저 그림이 어째서……?"

설루는 단지 벽에 덜렁 걸려 있는 그림을 보고 천의비문 문주의 선택을 걱정하는 유취려를 이해할 수 없었다. 그러자 유취려가 침착함을 되찾고 다시 입을 열었다.

"본 문에 우리만의 문자가 있다고 했지?"

"네."

설루가 대답했다.

"그림 아래에 있는 것이 바로 그것이다."

"아!"

설루가 나직하게 탄식을 흘렸다. 그녀는 그제야 유취려가 본 것이 그림이 아니라 그 이상한 글이었다는 것을 깨달았다.

"자란이란 아이가 있다. 이곳에 머물 때 날 도와주던 아이지. 그 아이가 글을 남겼구나. 아마도 무척 큰 용기가 필요했을 것이다. 문주가 동의하지 않았다면."

"어떤 내용인가요?"

설루가 물었다.

그러자 유취려의 표정이 다시 어두워졌다.

"문주가 다시 위험한 거래를 했구나."

"위험한 거래라뇨?"

"아, 월문의 심사를 도저히 이해할 수 없구나."

유취려가 고개를 저으며 중얼거렸다. 설루는 답답한 마음에 다시 물을 수밖에 없었다.

"월문과 거래를 했다는 건가요?"

"그렇다는구나."

"월문이라면……."

설루가 말꼬리를 흐린다. 유취려를 통해 월문이란 신비문파가 실질적으로 북두회를 움직여 이골마족을 사냥해 왔다는 것을 알고 있기 때문이다.

또한 천의비문을 봉문에 가까운 상태로 만든 것도 월문이다. 그런 자들과 다시 무슨 거래를 한단 말인가.

"의천노공, 그렇게 음흉한 자였던가?"

유취려의 말투에서 분노가 느껴진다.

"그가 어떤 요구를 했나요?"

"아주 위험한 요구, 천의비문이 멸문에 이를 수도 있는 요구를 했구나."

"……."

"월문이 새로운 검은 사자를 원하고 있다."

유취려의 눈이 그 순간 살기로 번뜩인다고 설루는 생각했다. 그러나 그녀는 다음 순간 유취려가 한 말의 의미를 깨닫고는 사부의 살기조차도 잊어버렸다.

“검은 사자!”

“그래, 검은 사자. 월문이 원하는 것이 결국 무림이었나?”

유취려가 봉우리 아래 천하를 내려다보며 중얼거렸다.

*　　　　*　　　　*

산 전체에 붉은 기운이 돌고 있다.

바위와 숲이 반씩 차지하고 있는 산봉우리 아래쪽으로 길게 붉은 계곡이 이어져 있다.

그러나 이 산을 오랫동안 보아온 사람들은 이 붉은빛이 하루 중 오직 반 시진만 나타난다는 것을 알고 있었다.

무슨 연유에선지 이 산의 노을은 천하의 그 어떤 곳보다 짙었다. 산 전체가 붉게 물드는 것은 물론 산 아래 깊은 계곡을 따라 흐르는 물 색조차 붉게 물들일 정도였다.

계곡이 이루는 폭포에 이르러서는 마치 한 마리 혈룡이 하늘로 승천하는 듯한 광경을 만들어내기도 했다.

그래서 사람들이 산에 붙인 이름이 혈룡산. 그러나 혈룡산의 노을이 만들어내는 기경보다 더 중요한 이유로 사람들은 이 산을 기억했다.

바로 이곳에 이백여 년간 사파의 종주를 자처하는 하나의 문파가 자리 잡고 있기 때문이다.

붉은 암벽 사이로 깊고 어두운 길이 이어져 있다. 곳곳에 기괴한 형상의 석상들이 서 있고, 그 절벽 사이의 길을 통과하면 낮은 높이지만 거대한 건물들이 땅에 웅크린 채 사람들을 맞이한다.

바로 천하사도의 종조를 자처하는 혈궁이다.

이백 년 혈궁의 성세는 혈마련이라는 이름으로 증명된다. 정파의 정천육문, 세속의 오대문파와 북산맹, 마도의 천마맹, 그리고 사도의 혈마련이 천하를 지배해 온 것이 벌써 이백 년이 훨씬 넘어서고 있었다.

그 세 개의 세력 중 가장 나중에 탄생한 것이 혈마련인데 그 이전 존재하던 사도의 무리는 강호에서 배척과 탄압의 대상이었다. 그러던 사도무림을 무림의 본류로 끌어올린 것이 바로 혈궁이었다.

혈궁의 대종사이던 종묘악은 혈궁을 개파한 후 단 십 년이 지나지 않아 사도의 무리를 모아 혈마련을 결성했다.

그 과정에서 혈궁은 언제나 앞장서서 정파와 마도의 공격을 막아냈다.

그 피와 고난의 시절을 겪고 나서 종국에는 혈마련을 천하오대 패자로 만들어낸 혈궁이다.

그런데 그런 혈궁의 성세가 당대에 이르러 위협받고 있었다.

"음!"

붉은 눈을 가진 노인이 못마땅한 듯 서탁에 놓인 두 개의 배첩을 바라보고 있다.

그의 앞에 두 명의 노인이 서 있었는데, 그들은 감히 서탁에 앉아 있는 노인에게 말도 걸지 못하고 눈치만 보고 있었다.

그도 그럴 것이, 서탁에 앉아 있는 노인이 바로 천하 사도인의 맹주 혈궁주 종고이기 때문이다.

"그러니까 지왕종문과 십자성 둘 중 하나와 손을 잡아야 한단 말이지?"

"그렇습니다."

종고 앞의 노인이 대답했다.

"북두회에는 더 이상 머물 수 없다?"

"지왕종문에게 본 련이 큰 손실을 본 후 북두회 다른 문파들의 배척은 이미 돌이킬 수 없을 지경에 이르렀습니다."

"그렇게 따지면 오대세가도 마찬가지. 항주금가는 지왕종문에 패하고, 남궁세가는 십자성에 무릎을 꿇지 않았는가?"

"하지만 오대세가는 정천육문과 북산맹의 절대적인 지지를 받고 있지요. 그들은 순망치한의 관계. 그러나 우리 혈마련은……."

"하긴 천마맹의 그 도도한 늙은이들은 내심 줄곧 우릴 멸시해 왔으니까. 어리석은 자들, 우리가 떠나고 나면 결국 다음은 자신들 차례인 것을 몰라."

종고가 혀를 찼다.

"어찌하오리까?"

"석화 그대의 생각은?"

"지왕종문을 택하면 막강한 힘을 얻을 수 있으니 종국에는 그들의 통제를 받아야 할 겁니다. 반면 십자성을 택하면 동등

한 권리를 가질 수 있겠으나 그들의 힘이 미지수라 과연 지왕종문이나 북두회와 겨룰 수 있을지는……."

"아무래도 그렇지? 그러나 이미 결론은 나와 있다."

"무슨 말씀이온지……?"

"우리 혈궁이 누군가에게 머리를 조아린다는 것은 조사를 욕되게 하는 일이다. 그러니 미지의 존재이긴 하지만 십자성과 손을 잡는다."

"모험이 될 겁니다."

"나쁘지 않아. 강호의 모든 일이 결국 도박이 아니던가? 십자성에 패를 건다."

종고가 단호하게 말했다. 그의 성정이 그대로 드러나는 순간이다. 그의 수하들은 종고가 한 번 내린 결정을 번복하는 일이 없다는 것을 잘 알고 있었다.

"알겠습니다. 그럼 십자성에 답을 보내겠습니다."

"좋아. 어쩌면 우리 혈궁에게 좋은 먹이가 될 수도 있을 거야. 먼저 이렇게 요구해 봐. 지혈문을 복원하는 데 힘이 되어달라고."

종고가 혈안을 번뜩이며 말했다.

제10장
서막(序幕)

상전벽해(桑田碧海).

절강의 오지인 십자성의 오늘을 설명하기에 가장 좋은 말일 것이다. 성은 하루가 다르게 높고 깊어졌다.

그럴수록 적풍은 점점 사람들의 시선이 미치지 않는 깊은 곳으로 들어갔다. 남궁세가를 굴복시킨 십자성주 전왕 유괴의 명성을 듣고 몰려든 강호의 고수 중 그의 얼굴을 본 사람은 극소수에 지나지 않았다.

적풍은 적어도 일문의 주인이 아니면 자신을 찾는 사람을 만나지 않았다.

그럼에도 불구하고 그의 명성은 점점 더 높아졌다.

'사람은 보이지 않는 존재에 대해 두려움을 갖는 법입니다. 신비함이란 결국 두려움의 한 종류이니 주인님께서는 가급적 사람들과의 만남을 줄이도록 하십시오. 사람들이 만나기 어려울수록 주인님에 대한 두려움과 신비감이 세상을 덮을 만큼 크고 깊어질 겁니다.'

"영악한 늙은이."

적풍은 실소를 흘렸다.

만족하면서도 한편으로는 그 속내가 음흉스럽다는 생각이 들었다. 야문의 숨은 실력자 고력을 두고 하는 생각이다.

모든 일이 그의 충고대로 진행되고 있었다. 십자성의 규모는 하루가 다르게 커지고 있었다. 십자성의 그늘을 찾아든 문파의 수가 열을 넘은 지 이미 오래였다.

적풍은 그들을 하나의 세력으로 재편하지 않았다. 각각의 문파는 각자의 본거지에 그대로 머물렀다.

그들을 십자성으로 끌어들여 커다란 세력을 형성할 수도 있었지만 적풍은 고력의 충고에 따라 그들을 십자성으로 불러모으지 않았다. 역시나 마찬가지로 그 이유는 두려움과 신비함이 주는 힘 때문이었다.

'강호란 곳은 일반적인 세상과는 다른 곳이지요. 관의 싸움이라면 병사의 숫자가 승부에 중요한 요소지만 강호는 다릅니다. 오합지졸을 불러 모아봐야 절정고수들이 오면 사방으로 흩어지고

마는 게 강호의 무리지요. 그러니 사람을 불러 모을 필요는 없습니다. 곁에 머물게 해야 하는 사람은 오직 고수일 뿐이지요.'

고력의 충고는 깊은 혜안을 담고 있다. 음흉한 기운을 지닌 자이지만 세상의 이치를 꿰뚫고 있기도 했다. 그런 자가 적이 아니라니 얼마나 다행한 일인가 싶기도 하다.

"천기자의 피가 무섭긴 무서워."

적풍이 나직하게 중얼거렸다.

십자성의 동북쪽에는 다른 건물보다 두어 층 높은 거대한 건물이 산을 등지고 서 있다.

과거 성의 망루가 서 있던 자리에 적풍이 기거하는 전왕전(戰王殿)을 세운 것이다.

이 또한 고력의 미류진에 따라 지어진 건물로, 십자성을 중심으로 사방 십여 리에 걸쳐 펼쳐진 미류진이 이 전왕전을 중심으로 움직이고 있었다.

전왕전의 가장 꼭대기 첨탑에 오르면 하루 종일 연무에 휩싸여 있는 미류진이 유리알처럼 보인다. 그래서 그 안의 사정은 물론 그 밖의 사정까지 눈 밝은 자라면 손금 보듯 살필 수 있었다.

이 모든 것이 고력의 머리에서 나왔다.

지금에 와서 생각하면 야문을 얻은 것보다도 고력을 얻은 것이 적풍에게는 더 큰 행운처럼 느껴졌다.

물론 고력의 그 음산함이 언제나 적풍을 긴장하게 만들었지만 어쨌든 지금의 적풍에게 고력은 가장 중요한 인물 중 하나였다.

"형님!"

홀로 대전의 첨탑에서 자신이 만든 자신의 세계를 바라보고 있던 적풍을 우마가 불렀다.

적풍에게 또 한 명의 중요한 인물, 어쩌면 고력보다도 몇 배는 중요한 사람이 우마다. 우마는 적풍에게 신혈족으로서 가지는 연대감 이상의 감정을 느끼게 해주는 존재였다.

적풍은 우마의 치열한 복수심을 좋아했다. 자신의 모든 것을 불태워 버릴 수 있는 무엇인가를 가슴에 품고 사는 자는 아름답다. 우마는 그런 사람이었다.

"어서 와."

적풍이 반갑게 우마를 맞이했다.

"혼자 계셨군요."

"심심해 죽겠어."

적풍이 어깨를 으쓱하며 대답했다.

"고귀하신 분이니까요."

본래 우마는 다른 사람들 앞에서 절대 농을 하지 않는다. 그러나 이렇게 적풍과 둘만 있을 때는 가끔 농을 던졌다.

"왕 노릇도 체질에 맞는 사람이 해야지."

적풍이 어깨를 비틀며 말했다.

"어쩌면 재미있는 일이 생길지도 모르겠어요."

마치 적풍의 가려운 곳을 긁어주려는 듯 우마가 말했다.

"그래? 뭔데?"

"혈궁과 지왕종문에서 사람이 온답니다."

"흐흠, 드디어 대어가 움직이는군."

"그렇지요. 그간 십자성에 든 문파들과는 급이 다른 존재들이지요."

"혈궁이 우리와 손을 잡을까?"

"애초에 지왕종문은 안중에 없으시군요."

"그자들은 품기에는 위험한 자들이야. 깨뜨려야 할 상대지."

"저도 그렇게 생각합니다. 그래도 일단 사자가 도착하면 정중하게 맞으세요."

우마가 충고했다.

"그렇긴 하지. 지왕종문과 북두회를 양패구상하게 해야지 우리가 그들과 싸울 수는 없으니까. 하지만 또 뭐 세상일이 언제나 생각처럼 되는 것은 아니니까. 그런데 언제쯤 도착할까?"

"혈궁은 이틀 뒤, 지왕종문은 그보다 조금 더 늦을 수도 있다는군요. 지왕종문의 본거지가 섬서이고 장안을 중심으로 북두회의 보이지 않는 방어선이 만들어진 상황이니까요."

"그렇군. 혈궁이라……. 이자들이 미끼를 물어야 할 텐데……."

"물 겁니다. 지왕종문과의 싸움 이후 북두회에서 입지가 크게 좁아져 있으니까요."

"좋아, 기대해 보자고!"

적풍이 다시 시선을 돌렸다. 첨탑 아래로 거대하게 펼쳐진 미류진이 눈에 들어온다.

이십여 명의 사람이 신비하면서도 음산한 숲 앞에 섰다. 그들의 눈에 은은한 두려움이 스치고 지나간다.

아마도 강호인들이 그들의 두려움을 알았다면 꽤나 놀랐을 것이다. 왜냐하면 이자들이야말로 지난날 강호인들에게 절대적 두려움을 주었던 혈마련의 고수이기 때문이다.

"과연 그들이 이 일을 승낙하겠소?"

입을 연 자는 일행 중 가장 키가 작은 자였다. 그러나 누구도 그를 무시하지 못했다.

그의 팔과 다리는 쇠처럼 단단해 보였고, 작지만 그가 뿜어내는 안광은 그보다 서너 배 큰 사람이라도 피하게 만드는 힘이 있었다.

"아마도 그럴 겁니다."

대답을 한 자는 중도 아니고 속인도 아닌 모습을 하고 있다. 머리를 밀어 삭발한 모습은 중 같았으나 입은 옷은 검은 무복이다. 어쩌면 애초에 중이었다가 산문을 떠난 자일 수도 있었다.

"어째서 그리 확신하시오?"

키 작은 자가 물었다.

"간단합니다. 혈궁과 손을 잡는 순간 십자성은 지왕종문이나 북두회와 겨룰 세력이 될 테니 말입니다."

"그들에게 그런 야심이 있겠소?"

"그렇지 않다면 이런 거대한 본거지를 만들었겠습니까?"

승려의 모습을 한 자가 손을 들어 끊임없이 연무가 일어나는 숲을 가리켰다.

"글쎄… 야심이 있었다면 남궁세가를 아예 초토화시켰을 것 같은데 말이오. 단지 남궁토를 인질로 데려가는 것으로 만족했다는 것은 자신들의 안위가 보장되면 강호에 나설 생각이 없다는 뜻 아니겠소?"

키 작은 자가 물었다.

"하지만 그 이후의 행보를 보십시오. 이미 십여 개의 문파를 받아들였습니다. 세를 키우는 거지요. 아마 그들이 남궁세가에서 그 정도로 물러난 것은 당장은 북두회와 겨룰 힘이 없기 때문이었을 겁니다."

"연후에 세력을 모으고 힘을 기른다?"

"좋은 계책이지요. 북두회와 지왕종문에 들지 못한 자들에게는 좋은 피난처였을 겁니다."

"흐흠, 일리는 있지만 만나봐야 알 것 같구려. 성주라는 자 말이오."

"강호에선 그를 전왕이라 부르더군요."

"전왕이라… 오만한 별호군. 스스로 그리 원했을까?"

"그의 추종자들이 붙여준 별호일 수도 있지요. 사실 실망할지도 모르겠습니다. 전왕이라니… 너무 치기 어린 별호가 아닙니까?"

"하긴 흑도 무리도 아니고. 그런데 늦는군."

키 작은 자가 조금 불쾌한 표정으로 말했다.

그런데 그 말이 끝나자마자 갑자기 그들 앞 숲의 연무가 걷히더니 이십 대 중반의 사내가 십여 명의 수하를 이끌고 모습을 드러냈다.

우마다.

"늦어서 죄송합니다. 어느 분께서 지혈문주신지요?"

우마가 정중하게 물었다. 하지만 지혈문주를 몰라보고 물은 말은 아니었다.

십자성은 이들이 절강 인근에 들어설 때부터 주시하고 있었다. 그런 면에서는 최근에 십자성의 그늘에 들어온 중소 문파들이 꽤 도움이 됐다.

"내가 지혈문의 두관웅이오."

키 작은 자가 앞으로 나서며 말했다.

지혈문주 두관웅, 천하에서 땅에 대해 가장 잘 알고 있다는 자가 그다. 절강 서쪽에 있던 지혈문의 터전 검벽은 그로 인해 난공불락의 땅으로 불렸다.

그러던 그가 지왕종문의 공격을 받아 자신의 터전을 버리고 혈궁에 몸을 의탁한 신세가 된 이후 온갖 수모를 견디며 재기를 꿈꾸고 있는 와중이다.

"몰라뵈어 죄송합니다. 문주께 인사드립니다. 전 십자성 비마대의 대주 우마라고 합니다."

"음, 그대가 우 대협이구려. 듣자 하니 십자성주의 의형제라던데…….”

“영광스럽게도 그렇습니다.”

“흑사회 출신이라기도 하고.”

지혈문주 두관웅이 슬쩍 우마의 반응을 살피며 물었다. 흑사회 출신이란 것이 부끄럽지 않느냐는 듯한 표정이다.

“흑사회야 이젠 과거의 이름일 뿐이지요.”

우마가 담담하게 대답했다. 그 모습에 두관웅이 고개를 끄떡인다. 심기가 굳은 인물이라는 것을 인정한단 뜻이다.

“성주께서 입성을 허락하셨소? 듣자 하니 십자성을 찾는 사람 대부분이 성 외곽이나 항주에서 십자성의 고수들을 접견한다던데…….”

승려 모습을 한 자가 물었다.

“그야 작은 문파들의 이야기지요. 어찌 대지혈문의 문주님을 성 밖에 모시겠습니까?”

우마가 정중한 표정으로 대답했다. 그러자 지혈문주 두관웅의 입가에 자신도 모르게 미소가 지어졌다.

검벽을 지왕종문에 내어준 후 언제 이런 대접을 받아보았던가. 혈궁에서조차 그는 패망한 문파의 문주 이상은 아니었다.

“고마운 일이오.”

두관웅이 자신도 모르게 미소를 지으며 대답했다. 그러자 오히려 승려 모습을 한 자의 표정이 굳어졌다. 아마도 십자성에 대한 경계심이 옅어지는 두관웅이 걱정인 모양이다.

그 모습을 보고 있던 우마가 한 줄기 미소를 짓고는 다시 입을 열었다.

"이제부턴 절 따라오십시오. 본 성 주변에 펼쳐진 기진은 사실 저도 길을 잃으면 위험한지라……."

"알겠소. 부탁합시다."

두관웅이 호기롭게 말했다. 그러자 우마가 자신을 따라온 자들을 향해 고개를 끄떡였다.

우마의 명에 수하들이 품속에서 검은색 깃발들을 꺼내 들더니 좌우로 두 줄을 만들어 숲 앞으로 들어가기 시작했다.

그러자 기이하게도 그들이 나아가는 길에서 연무가 사라지고 훤하게 길이 열렸다.

"가시지요."

우마가 진의 변화에 놀라는 지혈문주 일행을 진 안으로 이끌었다. 그 말에 두관웅 등이 두려운 기색을 보이며 우마의 뒤를 따라 숲으로 들어갔다.

지혈문주 두관웅은 갑자기 두려운 생각이 들었다.

겉으로 보기에는 그저 낡은 고성을 수리한 듯한 십자성이 안으로 들어서자 전혀 다른 모습으로 다가왔기 때문이다.

곳곳에 들어선 건물들은 일정한 위치에 규칙적으로 세워져 있었는데 지혈문주같이 기관진식에 정통한 사람은 그 건물들이 성내로 침입하는 적을 자체적으로 방비하기에 가장 적당한 위치에 지어졌다는 것을 단번에 알 수 있었다.

더군다나 그가 십자성을 아예 모르는 것도 아니다.

그의 근거지이던 절강 서쪽의 지혈문은 십자성과 제법 거리가 있기는 했지만 그래도 같은 절강 땅에 있었다. 그래서 고성 축조에 대해 호기심이 많던 두관웅은 젊은 시절 십자성을 두어 번 찾아본 경험이 있었다. 물론 그때의 십자성은 무너져 가는 텅 빈 고성이었다.

그런데 오늘 그의 눈에 비친 십자성은 그의 기억 속에 있던 모습과는 완전히 달랐다. 완전히 과거의 성을 허물고 새로운 성을 지은 것 같은 느낌이 들었다.

"무서운 자들이오."

우마를 따라 성내를 걸으며 두관웅이 중얼거렸다.

"성이 대단하긴 하군요."

승려 모습의 노인이 대답했다.

"그 정도가 아니오. 이건 마치 성을 새로 지은 것 같소."

"이곳에 와본 적이 있다고 하셨지요? 많이 변한 모양이군요."

"건물 하나, 망루 하나 허투루 지어진 것이 없소. 더 두려운 것은 이들이 이 성을 아주 짧은 시간에 변신시켰다는 것이오. 그러자면 세 가지가 필요하오."

"그게 뭡니까?"

승려 모습의 노인이 호기심이 생기는 듯 물었다.

"기관진식에 해박한 인물, 성의 축조에 동원될 사람, 그리고 막대한 재력이오. 십자성은 이 세 가지를 모두 갖춘 것이 분명하오. 이건 내 예상을 훨씬 뛰어넘은 모습이오."

두관웅의 말에 승려 모습의 노인 표정이 굳어졌다.

"그렇다면 이들이 강호에 나설 충분한 힘을 이미 가지고 있다는 뜻입니까?"

"어쩌면."

"그럼 계산이 달라지는데……."

승려 모습의 노인이 중얼거렸다.

"조심합시다. 그리고 계획을 바꿔야 할 수도 있소. 이들을 혈마련에 복속시키려는 기색을 드러내면 안 되겠소. 힘이 아니라 설득해야 할 대상이오."

"알겠습니다. 조심하지요."

본래 두관웅 일행은 십자성을 혈마련에 귀속시키려는 목적을 가지고 있었다. 그러나 십자성의 위용을 직접 눈으로 확인한 두관웅은 애초에 그 계획이 무리였다는 것을 인정할 수밖에 없었던 것이다.

"대주를 뵙습니다!"

내밀한 이야기를 나누던 두 사람의 귀에 서릿발 같은 기상이 깃든 목소리가 들려왔다. 두 사람이 시선을 돌려 보니 일행이 어느새 성 북동쪽의 높다란 대전 앞에 이르러 있었다.

대전 앞에서 우마 일행을 맞이한 것은 검은 무복을 입은 다섯 명의 무사였다. 하나같이 강맹한 기세를 지닌 자들이고 눈에는 살기가 돌고 있다.

노련한 두관웅의 눈은 이들이 극도의 고통이 수반되는 수련을 거친 자들이라는 것을 단번에 읽어냈다. 문도들을 이렇게 키워내는 세력이란 사실이 두관웅의 마음을 더욱 경직되게 만들었다.

"성주께선……?"

"기다리고 계십니다."

우마가 묻자 경비무사가 절도 있게 대답했다.

"잡인의 출입을 금하라."

"예, 대주!"

우마의 명에 대답을 한 경비무사들이 문을 열었다. 그러자 두관웅의 눈에 길게 이어진 대전의 기둥들이 보였다.

두관웅과 그를 따르는 자들이 잠시 멈칫했다. 기둥이 이어진 대전이 마치 지옥의 입구처럼 느껴졌다. 그러나 두려움도 잠시, 수십 년 강호를 호령한 두관웅이다.

"들어갑시다."

두관웅이 먼저 입을 열었다. 그러자 우마가 고개를 끄떡이고는 두관웅 일행을 대전으로 이끌었다.

적풍은 대전 안쪽 깊숙한 곳에서 두관웅과 그의 일행이 걸어오는 것을 보고 있었다.

그의 양옆에는 유령마군 사혼과 마도충이 서 있었는데 그들이 마치 적풍을 호위하는 것처럼 보였다.

"겁을 먹었어. 낄낄."

사혼이 나직하게 웃음을 흘렸다. 그는 두관웅이 긴장한 모습이 무척 재미있는 듯 보였다.

"웃고 있을 거면 들어가시죠."

적풍이 나직하게 말했다.

"알았다, 알았어. 제대로 할 테니 걱정 마라."

사혼이 대답하고는 한 발을 앞으로 내디뎠다. 그러자 그의 몸이 열 개의 계단을 미끄러지듯 내려와 우마 앞에 섰다.

"호법께서 나와계셨군요."

우마가 짐짓 놀란 척을 했다.

"옛 지인이 온다는데 모른 척할 수 없지. 문주, 안녕하시오?"

사혼이 두관웅을 보며 먼저 아는 척을 했다. 순간 두관웅의 표정이 묘하게 일그러졌다.

사혼은 아주 오랜 친구처럼 대하지만 사실 과거 두관웅은 유령마군 사혼 따위는 안중에도 없었다.

물론 몇 번 얼굴을 본 적은 있었다. 유령마군 사혼을 한 명의 무인으로 보자면 천하에 그의 명성에 근접할 마두가 몇 없기 때문에 가끔 사도인들의 회합에 얼굴을 내밀기도 했다.

그러나 그의 흑사회가 워낙 무림의 멸시를 받고 있던 터라 유령마군 사혼 역시 사도인들에게까지 배척을 당했고, 한때 혈마련에 들고자 하던 시도 역시 무산되었었다.

만약 과거 그의 흑사회가 혈마련의 일원이 되었다면 오대세가에게 그토록 처참하게 도륙당하는 일은 없었을 터였다.

"오랜만이구려."

사혼이 내뱉은 옛 지인이란 말이 마음에 들지 않았지만, 두관웅은 사혼의 인사에 짐짓 반갑게 대꾸했다.

흑사회의 회주 유령마군 사혼은 안중에 없었지만 십자성의 호법이라는 지위를 지닌 사혼은 존중하지 않을 수 없었다.

"지혈문의 일은 참으로 안타깝게 되었소이다. 늦었지만."

사혼의 말에 두관웅의 눈빛에서 서늘한 한기가 흐른다. 사혼이 자신을 조롱하는 말임을 모르지 않기 때문이다.

아니, 어쩌면 복수인지도 모른다.

흑사회에 대한 오대세가의 공격이 한창일 때 흑사회는 혈마련에 도움을 청했다.

그러나 혈마련은 흑사회의 요청을 단호히 거절했다. 그들에겐 강호인들에게 멸시의 대상인 흑사회보다 북두회의 일원인 남궁세가가 더 중요했던 것이다.

당시 혈마련을 대표해 거절의 의사를 전한 인물이 바로 두관웅이었다. 그때 거절의 말을 전하는 두관웅의 태도는 무척 모멸적이고 냉정했다.

그런 일이 있었기에 지혈문의 멸망에 대한 사혼의 위로는 두관웅에게 조롱의 의미로 다가올 수밖에 없었다. 그러나 그렇다고 화를 낼 수도 없는 처지이다.

"위로 고맙소."

두관웅이 화를 억누르며 대답했다.

"하하하, 동병상련이라… 내 그 마음을 잘 알지요. 아무튼 환영하오. 이리로."

사혼이 두관웅을 적풍이 앉아 있는 태사의 계단 아래로 이끌었다. 그러고는 적풍을 향해 말했다.

"성주, 이분이 바로 저 유명한 혈마련 지혈문의 문주이신 두관웅 노사이시오."

사혼의 말에 적풍이 앉은 채로 두관웅을 향해 말했다.

"먼 길 오시느라 고생하셨소."

순간 두관웅의 얼굴이 벌겋게 상기됐다. 이건 마치 한 나라의 제왕이 다른 나라의 사신을 맞는 듯한 태도이다.

비록 퇴락했다 해도 그는 지혈문의 문주다. 지왕종문의 공격이 있기 전이라면 십자성보다도 더 권위 있는 지혈문이라 생각하는 두관웅이다.

그러므로 적풍의 태도는 참기 힘든 모욕이었다. 그러나 두관웅은 애써 분노를 참았다. 그러고는 꼿꼿이 선 채 적풍을 바라보며 말했다.

"전왕이라 불리시는 십자성의 성주를 뵐 수 있어 영광이오이다."

지혈문의 문주로서 자신감을 잃지 않으려는 기색이 역력하다. 그러나 적풍의 다음 말에 두관웅의 자존감은 한순간에 무너졌다.

"그래, 혈궁의 궁주께선 안녕하시오?"

그 한마디 말로 족했다.

두관웅의 근황을 무시하고 혈궁주의 안부를 묻는다는 것은 두관웅을 단지 혈왕 종고의 심부름꾼으로밖에 여기지 않는다는 의미이다.

"혈궁주께서는… 잘 계시오."

말아 쥔 두관웅의 두 손이 가늘게 떨리고 있음을 적풍은 놓치지 않았다. 그럼에도 적풍은 두관웅을 자극하기를 멈추지 않았다. 아니, 오히려 더욱 두관웅의 자존심을 나락으로 떨어뜨렸다.

"인사를 나누었으니 난 그만 일어나 보겠소. 자세한 이야기는 태상호법과 나누시구려. 태상호법, 그럼 부탁드립니다."

적풍이 사혼을 보며 말했다. 그러자 사혼이 공손하게 대답했다.

"걱정 마시오, 성주. 우린 오랜 지인이니 말이 잘 통할 것이외다."

"그럼 편히 이야기들 나누시구려."

적풍이 두관웅을 한 번 바라보고는 자리에서 일어나 태사의 뒤쪽에 있는 문을 열고 대전을 나가 버렸다.

"자, 우리도 자리를 옮깁시다."

사혼이 치욕을 참지 못해 부들거리는 두관웅에게 아무 일 없다는 듯 말했다.

"참으로 대단한 주군을 모셨구려."

두관웅이 뼈 있는 말을 내뱉었다.

"성주 말씀이오? 물론 대단한 분이시오. 오대세가의 고수들을 추풍낙엽처럼 쓸어버린 분이니 말이오. 그리고 혹 무례하다 생각하실지 모르겠지만 성주님의 행도에 너무 마음 상해하지 마시오. 그래도 성주님을 찾아온 사람 중 이렇게 대전에서 정식으로 인사를 나눈 사람은 오직 두 문주뿐이시오."

"그래서 내가 감격이라도 해야 한단 거요?"

"하하, 그런 말이 아니라 우리 성주께선 예의범절 따위는 별로 신경 쓰지 않는 분이란 뜻이오. 성주께 중요한 것은 실질적인 거래요. 그 이야기를 하는 데는 내가 적당하다고 판단하신 거고. 만약 두 문주께서 본 성을 찾으신 이유가 단지 무림의 명사로 대접을 받기 위함이라면 그럴 수도 있소. 그러나 그래서 우릴 찾아온 것은 아니잖소?"

사혼이 정색을 하며 물었다.

이득을 얻으려면 자존심 따위는 내세우지 말라는 의미이다. 사혼의 말에 두관웅이 잠시 침묵을 지키다가 대답했다.

"좋소, 인정하겠소. 그럼 우리 허심탄회하게 서로의 이득에 대해 말해봅시다."

"하하하, 이제야 지혈문주답소이다. 자, 내 처소로 갑시다."

사혼이 만족한 미소를 지으며 두관웅과 그의 일행을 대전에서 데리고 나갔다.

적풍이 두관웅과의 만남을 짧게 정리한 것은 단지 십자성주로서의 권위를 세우기 위해서만은 아니었다.

두관웅을 사혼에게 맡겨두고 대전을 나온 적풍은 급히 걸음을 옮겨 대전과 맞닿아 있는 자신의 거처로 들어갔다. 그러자 그곳에 모여 있던 십자성의 고수들이 자리에서 일어나 적풍을 맞이했다.

"봅시다."

적풍의 말에 쿠샨이 적풍에게 붉은색 봉투를 전했다.

봉투를 받아 든 적풍이 그 안에서 한 장의 서찰을 꺼냈다. 서찰은 모두 붉은 글씨로 쓰여 있었다. 그것만으로도 서찰이 특별한 것이라는 것을 알 수 있었다.

"하근이라……. 어떤 자요?"

적풍이 붉은 글씨의 서찰을 모두 읽고 좌우를 돌아보며 물었다.

그러자 쿠샨이 대답했다.

"뛰어난 인물입니다. 그런 자가 지왕종문에 몸을 의탁했다니 놀라운 일입니다."

"그대가 감탄할 정도면 보통 사람은 아니구려. 그런데 강호에 널리 알려진 인물은 아닌가 보오?"

이제 적풍도 무림이라는 바다에 익숙해질 만큼의 시간이 흐른 상태였다. 그래서 강호에 이름깨나 날리는 고수는 거의 모두 적풍의 머릿속에 들어 있었다. 그런데 그중 하근이란 이름은 존재하지 않았다.

"본래 그를 아는 사람은 무림에서도 극소수지요. 저 역시 원 황실의 일을 보았기에 그를 알고 있습니다. 사실 원이 패망해 갈 때 원의 황실에서 그를 데려오자는 말도 나왔지요."

"그 말은 그가 원의 패망을 막을 수도 있던 인물이란 거요?"

"그렇게 믿는 사람들도 있었지요. 물론 전 그리 생각지 않습니다만… 원이 망한 것은 하늘의 뜻인데 사람 하나 데려와서 막을 수 있는 일이 아니었지요."

쿠샨이 냉정하게 말했다.

"아무튼 실력이 뛰어난 것은 분명한 모양이구려."

"그의 별호가 만인뇌입니다."

"만인뇌라……. 별호만 들어도 어떤 자인지 알겠군."

"모사와 계책은 모르겠으나 머리에 든 지식만으로는 강호에 따를 자가 없다고 알려졌지요. 그럼에도 강호사에는 초연해서 무림의 어떤 분쟁에도 끼어들지 않았습니다. 그래서 그를 욕심내던 문파들도 결국에는 그를 초대하는 것을 포기했는데……."

"그런 자가 지왕종문의 총관이라… 재밌군. 철륵이 뭘 줬을까?"

"아니면 협박을 했겠지요."

"협박이 통할 인물은 아닌 것 같은데."

"극도의 공포를 느꼈을 수도 있습니다. 그동안 은밀히 지왕종문과 염화마군 철륵이란 자를 조사한 바에 따르면 지왕종문을 따르는 자들이나 문파들은 염화마군이란 자에 대해 놀라울 정도의 공포를 가지고 있었습니다."

"음, 그 공포가 만인뇌 하근이란 자까지도 움직일 정도다?"

"어쩌면."

"그럼 쉽겠군."

적풍이 심드렁하게 말했다.

"예?"

"어쨌거나 공포를 느낀다는 것 아니오? 그 하근이란 자."

"그, 그렇지요."

"그럼 뭐 나도 그에게 공포를 심어주지."

적풍의 말에 쿠샨이 뜨악한 표정을 지었다. 적풍은 염화마군 철륵이 아니지 않느냐는 표정이다.

"언제 도착한다고 했소?"

"오늘 밤입니다."

"사부께서 일을 서둘러 주셔야겠군."

적풍이 중얼거렸다.

두관웅의 얼굴에 초조한 기색이 서렸다.

혈궁의 궁주 종고와 자신이 원하는 바를 유령마군 사혼을 통해 십자성주에게 전했으나 십자성주의 대답은 쉽게 오지 않고 있었다.

"가능하겠소?"

문득 두관웅이 맞은편에 앉아 있는 승려 모습의 노인에게 물었다.

"알 수 없는 일이지요."

승려 모습의 노인은 뭔가 마뜩찮은 표정을 하고 있었다.

"나 노사, 무슨 문제가 있소?"

두관웅이 노인의 표정을 읽고는 정색하며 물었다. 노인은 그가 마혼과 이야기를 나눌 때부터 줄곧 불만 어린 표정을 짓고 있었다.

"문주, 제가 왜 문주를 따라왔는지 아시지요?"

"그야 당연히……."

말을 하다 말고 두관웅이 입을 닫았다. 그제야 노인의 불만을 알아챈 것이다.

그러자 승려 모습의 노인이 다시 말했다.

"궁을 떠날 때 궁주께서 문주께 이런 말씀을 했지요. 거래는 혈궁과 십사성 사이에 이뤄지는 것이라고 말입니다."

"알고 있소."

"또 이런 말씀도 하셨지요. 거래가 가능하다고 판단되면 그 때부터 홍정은 저 나융에게 맡기라고 말입니다."

"음, 그 역시 기억하오."

"그런데 아직도 전 이 거래에 대해 한마디 말도 그들과 나누지 못했습니다."

"그야 이심전심(以心傳心), 우리가 원하는 것은 분명하지 않소? 누가 거래한들 무슨 상관있겠소? 더군다나 사혼과 난 안면이 있는 사이이니 자연스레 그리된 일이 아니오?"

이번에는 두관웅도 불쾌한 표정을 지어 보였다. 지금까지 자신이 사혼과 그들의 일에 대해 논의할 때는 조용히 있다가 이제 와서 투정을 부리느냐는 표정이다.

"조금 다르지요."

"그렇소? 나와 그대가 십자성에서 원하는 바가 다른 거요? 설마 그대는 우리 지혈문이 다시 검벽에 복귀하는 것을 원치 않소?"

두관웅이 서늘한 시선으로 물었다. 그러자 노인이 흠칫했다.

"그런 것은 아닙니다. 저 역시 하루빨리 지혈문이 다시 검벽으로 돌아가기를 바라고 있습니다."

"그럼 뭐가 다르다는 거요?"

"그건 말씀드렸듯이 이 거래가 혈궁과 십자성의 거래가 되어야 한다는 것입니다. 그런데……."

"후후, 십자성과 지혈문의 거래처럼 이뤄지고 있다?"

"그렇습니다."

"하하하! 그러니까 내가 혈궁을 배제할까 그것이 걱정이란 말이구려. 모든 일을 혈궁주의 이름으로 해야 하는데 말이오."

갑자기 두관웅이 호탕한 웃음을 터뜨렸다. 그러나 그 웃음을 들은 노인의 얼굴이 하얗게 질렸다. 두관웅의 웃음 속에서 살기를 느꼈기 때문이다.

한순간 두관웅이 뚝 웃음을 멈췄다. 그러고는 지금까지와는 전혀 다른 표정과 말투로 노인을 향해 조용히 입을 열었다.

"나융 그대는 나를 너무 무시하는군."

"무, 문주, 그게 무슨……."

나융이라 불린 승려 모습의 노인이 당황한 표정을 지었다.

"그대가 물론 혈궁의 세 부궁주 중 한 명이란 것은 인정한다. 그리고 내가 혈궁에 의지해 일신을 보존하고 있다는 것도 인정하지. 그러나 그렇다고 감히 그대가 나를 모욕할 자격이 있다고 생각하는가?"

혈궁에는 궁주 혈왕 종고를 중심으로 세 명의 부궁주가 존재한다. 이 승려 모습의 노인은 그중 한 명으로 서장 출신의 나융이란 자였다.

손속이 잔혹하고 심기가 깊어 강호인들이 상대하기를 꺼리는 사도의 고수였다. 그러니만큼 그 역시 자신에 대한 자부심이 결코 작지 않았다.

"말씀이 지나치십니다!"

혈궁에서는 감히 자신에게 이런 말을 할 수 없던 두관웅이기에 나융의 분노는 더욱 컸다.

"지나치다? 그간 그대가 나에게 한 행동은 지나치지 않았는가? 과거 본 문이 건재할 때 그대는 감히 나와 눈도 마주치지 못했다!"

두관웅의 추궁에 나융의 얼굴이 붉어지더니 나직하게 한마디 했다.

"문주, 지금은 그 지혈문이 문주에게 없습니다."

"그래서 날 무시해도 된다고 생각하는 모양이군. 좋아, 좋아. 사람이란 본래 처한 상황에 따라 행동이 달라지는 법이니까. 그렇다면 그대도 지금의 상황을 인정해야 할 것 같군. 십자성과의 거래가 잘되면 난 다시 검벽으로 돌아가 지혈문을 재건할 수 있을 거야. 그때 오늘의 일을 기억해 두겠다. 물론 혈궁주에게도 오늘의 일을 따지게 되겠지."

"무, 문주!"

나융이 당황한 얼굴로 두관웅을 바라봤다.

생각해 보면 두관웅의 말이 틀린 것이 없었다. 만약 일이 제대로 성사돼 지혈문이 다시 검벽으로 돌아가게 된다면 그때는 지난날과 오늘 자신이 두관웅에게 보인 태도의 대가를 반드시 치르게 될 터였다. 아마도 그땐 혈궁주조차도 자신을 지켜주지 못할 수도 있었다.

지혈문은 누가 뭐래도 혈마련의 강자, 그 힘이 부활한다면 혈왕 종고는 나융을 버리고 지혈문주의 비위를 맞추는 것을 망설이지 않을 것이기 때문이다.

생각보다 일이 다급해졌다고 생각한 나융이 재차 입을 열어 두관웅의 마음을 풀어줘야겠다고 생각하는 순간, 갑자기 문이 열리며 유령마군 사혼이 방 안으로 들어왔다.

"어서 오시오, 사 노사!"

두관웅이 정말 둘 사이가 오랜 벗인 것처럼 사혼을 반겼다. 반면 나융의 표정은 흙빛으로 변해 있었다.

둘 사이의 묘한 분위기를 눈치 빠른 사혼이 놓칠 리 없었다. 그가 한 줄기 미소를 지으며 입을 열었다.

"이거 오래 기다리게 해서 미안하외다."

"아니오, 아니오. 대사를 결정하는 일인데 어찌 시간이 걸리지 않겠소."

두관웅이 손을 내저으며 말했다.

"사실 그래서 시간이 걸린 것이 아니라……."

사혼이 말꼬리를 흐린다. 그러자 두관웅의 눈이 가늘어졌다.

"십자성에 무슨 일이 있는 거요?"

"음, 조금 어려운 손님이 찾아와서 말이오."

"손님이라면……?"

두관웅이 관심을 보이며 되물었다.

"함께 구경을 가보시겠소?"

"도대체 누가 왔다는 것이오?"

"문주께 반가운 자들은 아닐 거요."

"……?"

"지왕종문에서 사람이 왔소. 성주께서는 지금 그들을 맞을 준비를 하고 계시오. 어떻게… 함께 가보시겠소?"

"지왕종문? 이자들이?"

사혼의 말을 들은 두관웅의 표정이 일변했다. 그의 눈에서 살기가 일렁인다. 당장에라도 달려가 지왕종문 무리를 도륙할 기세의 두관웅이다.

"문주, 진정하시구려."

사혼이 흥분한 두관웅을 진정시켰다. 그러자 두관웅이 물었다.

"그들은 지금 어디 있소?"

"지금 막 성문을 통과했다고 하오. 문주께서 성주를 만난 대전에서 그들을 맞을 것 같소. 가보겠소?"

사혼이 물었다.

"가겠소!"

두관웅이 두말할 것도 없다는 듯 대답했다.

"좋소, 가십시다. 대신 한 가지 조건이 있소. 이곳이 십자성임을 잊지 마시오. 그들에 대한 문주의 분노를 모르는 것은 아니나……."

"걱정 마시오. 십자성을 곤란하게 만드는 일을 없을 것이오."

"좋소, 갑시다. 아마도 문주께선 오늘 본 십자성의 진정한 모습을 보게 될 것이오. 이후에는 우리의 거래도 한결 수월해질 것이고 말이오."

사혼이 빙그레 미소를 지으며 말했다.

그때 적풍은 지혈문주 두관웅을 만난 그 대전 태사의에 앉아서 자신을 향해 다가오는 인물을 바라보고 있었다. 그의 정체는 만인뇌 하근, 지왕종문 총관의 자리에 있는 자다.

그런데 하근이 십여 장 앞으로 다가왔을 때 적풍의 눈이 번뜩였다. 일행의 우두머리인 하근을 따라온 한 명의 중년 사내가 적풍의 온 신경을 긁은 것이다.

'이골마족?'

적풍이 사내의 두툼한 어깨와 영혼이 없는 것 같은 눈을 바라보며 떠올린 생각이다.

『십자성—전왕의 검』 4권에 계속…